U0659176

萧红短篇小说选

红的果园

萧红 著

广陵书社

图书在版编目（ＣＩＰ）数据

红的果园：萧红短篇小说选 / 萧红著. -- 扬州：
广陵书社，2020.3（2022.3 重印）
（回望萧红 / 陈武主编）
ISBN 978-7-5554-1350-9

Ⅰ. ①红… Ⅱ. ①萧… Ⅲ. ①短篇小说－小说集－中
国－现代 Ⅳ. ①I246.7

中国版本图书馆CIP数据核字(2019)第280863号

书　　名	红的果园：萧红短篇小说选	丛 书 名	回望萧红
著　　者	萧　红	丛书主编	陈　武
责任编辑	张艳红	特约编辑	罗路晗
出 版 人	曾学文	封面设计	琥珀视觉

出版发行　广陵书社
　　　　　扬州市四望亭路 2-4 号　　　邮编：225001
　　　　　(0514)85228081 (总编办)　85228088 (发行部)
　　　　　http://www.yzglpub.com　E-mail:yzglss@163.com
印　　刷　三河市华东印刷有限公司

开　　本　880mm×1230mm　　1/32
字　　数　151 千字
印　　张　8.25
版　　次　2020 年 3 月第 1 版
印　　次　2022 年 3 月第 2 次印刷
书　　号　ISBN 978-7-5554-1350-9
定　　价　49.00 元

目　录

王阿嫂的死

一

　　草叶和菜叶都蒙盖上灰白色霜。山上黄了叶子的树，在等候太阳。太阳出来了，又走进朝霞去。野甸上的花花草草，在飘送着秋天零落凄迷的香气。

　　雾气像云烟一样蒙蔽了野花、小河、草屋，蒙蔽了一切声息，蒙蔽了远近的山岗。

　　王阿嫂拉着小环，每天在太阳将出来的时候，到前村广场上给地主们流着汗；小环虽是七岁，她也学着给地主们流着小孩子的汗。现在春天过了，夏天过了……王阿嫂什么活计都做过，拔苗插秧。秋天一来到，王阿嫂和别的村妇们都坐在茅檐下用麻绳把茄子穿成长串长串的，一直穿着。不管蚊虫把脸和手搔得怎样红肿，也不管孩子们在屋里喊叫妈妈吵断了喉咙。她只是穿啊，穿啊，两只手像纺纱车一样，在旋转着穿。

第二天早晨，茄子就和紫色成串的铃当一样，挂满了王阿嫂家的前檐；就连用柳条编成的短墙上也挂满着紫色的铃当。别的村妇也和王阿嫂一样，檐前尽是茄子。

可是过不了几天，茄子晒成干菜了。家家都从房檐把茄子解下来，送到地主的收藏室去。王阿嫂到冬天只吃着地主用以喂猪的烂土豆，连一片干菜也不曾进过王阿嫂的嘴。

太阳在东边照射着劳工的眼睛。满山的雾气退去，男人和女人，在田庄上忙碌着。羊群和牛群在野甸子间，在山坡间，践踏并且寻食着秋天半憔悴的野花野草。

田庄上只是没有王阿嫂的影子，这却不知为了什么？竹三爷每天到广场上替张地主支配工人。现在竹三爷派一个正在拾土豆的小姑娘去找王阿嫂。

工人的头目，愣三抢着说：

"不如我去的好，我是男人走得快。"

得到竹三爷的允许，不到两分钟的工夫，愣三就跑到王阿嫂的窗前了：

"王阿嫂，为什么不去做工呢？"

里面接着就是回答声：

"叔叔来得正好，求你到前村把王妹子叫来，我头痛，今天不去做工。"

小环坐在王阿嫂的身边，她哭着，响着鼻子说："不是呀！我妈妈扯谎，她的肚子太大了！不能做工，昨夜又是整夜的哭，不知是肚子痛还是想我的爸爸。"

王阿嫂的伤心处被小环击打着，猛烈地击打着，眼泪都从眼眶转到嗓子方面去。她只是用手拍打着小环，她急性的，意思是不叫小环再说下去。

李愣三是王阿嫂男人的表弟。听了小环的话，像动了亲属情感似的，跑到前村去了。

小环爬上窗台，用她不会梳头的小手，在给自己梳着毛蓬蓬的小辫。邻家的小猫跳上窗台，蹲踞在小环的腿上，猫像取暖似的迟缓地把眼睛睁开，又合拢来。

远处的山反映着种种样的朝霞的彩色。山坡上的羊群、牛群，就像小黑点似的，在云霞里爬走。

小环不管这些，只是在梳自己毛蓬蓬的小辫。

二

在村里，王妹子、愣三、竹三爷，这都是公共的名称。是凡佣工阶级都是这样简单而不变化的名字。这就是工人阶级一个天然的标识。

王妹子坐在王阿嫂的身边，炕里蹲着小环，三个人在寂寞着。后山上不知是什么虫子，一到中午，就吵叫出一种不可忍耐的幽默和凄怨情绪来。

小环虽是七岁，旦是就和一个少女般的会忧愁，会思量。她听着秋虫吵叫的声音，只是用她的小嘴在学着大人叹气。这个孩子也许因为母亲死得太早的缘故？

小环的父亲是一个雇工，在她还没生下来的时候，她的父亲就死了！在她五岁的时候她的母亲又死了。她的母亲是被张地主的大儿子张胡琦强奸后气愤而死的。

五岁的小环，开始做个小流浪者了。从她贫苦的姑家，又转到更贫苦的姨家。结果因为贫苦，不能养育她，最后她在张地主家过了一年煎熬的生活。竹三爷看不惯小环被虐待的苦处。当一天王阿嫂到张家去取米，小环正被张家的孩子们将鼻子打破，满脸是血时，王阿嫂把米袋子丢落在院心，走近小环，给她擦着眼泪和血。小环哭着，王阿嫂也哭了。

由竹三爷做主，小环从那天起，就叫王阿嫂做妈妈了。那天小环是扯着王阿嫂的衣襟来到王阿嫂的家里。

后山的虫子，不间断地，不曾间断地在叫。王阿嫂拧着鼻涕，两腮抽动，若不是肚子突出，她简直瘦得像一条龙。她的手也正和爪子一样，因为拔苗割草而骨节突出。她的悲哀像沉淀了的淀粉似的，浓重并且不可分解。她在说着她自己的话：

"王妹子，你想我还能再活下去吗？昨天在田庄上张地主是踢了我一脚。那个野兽，踢得我简直发昏了。你猜他为什么踢我呢？早晨太阳一出就做工，好身子倒没妨碍，我只是再也带不动我的肚子了！又是个正午时候，我坐在地梢的一端喘两口气，他就来踢了我一脚。"

拧一拧鼻涕又说下去：

"眼看着他爸爸死了三个月了，那是刚过了五月节的时候，那时仅四个月，现在这个孩子快生下来了。咳！什么孩子，就是冤家，他爸爸的性命是丧在张地主的手里，我也非死在他们的手里不可，我想谁也逃不出地主们的手去。"

王妹子扶她一下，把身子翻动一下：

"哟，可难为你了！肚子这样你可怎么在田庄上爬走啊？"

王阿嫂的肩头抽动得加速起来。王妹子的心跳着，她在悔恨地跳着，她开始在悔恨：

"自己太不会说话，在人家最悲哀的时节，怎能用得着十分体贴的话语来激动人家悲哀的感情呢？"

王妹子又转过话头来：

"人一辈子就是这样，都是你忙我忙，结果谁也不是一个死吗？早死晚死不是一样吗？"

说着她用手巾给王阿嫂擦着眼泪，揩着她一生流不尽的眼泪：

"嫂子你别太想不开呀！身子这种样，一劲忧愁，并且你看着小环也该宽心。那个孩子太知好歹了！你忧愁，你哭，孩子也跟着忧愁，跟着哭。倒是让我做点饭给你吃，看外边的日影快晌午了！"

王妹子心里这样相信着：

"她的肚子被踢得胎儿活动了！危险……死……"

她打开米桶，米桶是空着。

王妹子打算到张地主家去取米，从桶盖上拿下个小盆。王阿嫂叹息着说：

"不要去呀！我不愿看他家那种脸色，叫小环到后山竹三爷家去借点吧！"

小环捧着瓦盆爬上坡，小辫在脖子上摔搭摔搭地走向山后去了！山上的虫子在憔悴的野花间，叫着憔悴的声音啊！

三

王大哥在三个月前给张地主赶着起粪的车，因为马腿给石头折断，张地主扣留他一年的工钱。王大哥气愤之极，整天醉酒，夜里不回家，睡在人家的草堆。后来他简直是疯了！看着小孩也打，狗也打，并且在田庄上乱跑，乱骂。张地主趁他睡在草堆的时候，遣人偷着把草堆点着了。王大哥在火焰里翻滚，在张地主的火焰里翻滚；他的舌头伸在嘴唇以外，他嚎叫出不是人的声音来。

有谁来救他呢？穷人连妻子都不是自己的。王阿嫂只是在前村田庄上拾土豆，她的男人却在后村给人家烧死了。

当王阿嫂奔到火堆旁边，王大哥的骨头已经烧断了！四肢脱落，脑壳竟和半个破葫芦一样，火虽熄灭，但王大哥的气味却在全村飘漾。

四围看热闹的人群们，有的擦着眼睛说：

"死得太可怜！"

也有的说：

"死了倒好，不然我们的孩子要被这个疯子打死呢！"

王阿嫂拾起王大哥的骨头来，裹在衣襟里，她紧紧地抱着，发出喞天的哭声来。她这凄惨泌血的声音，飘过草原，穿过树林的老树，直到远处的山间，发出回响来。

每个看热闹的女人，都被这个滴着血的声音诱惑得哭了！每个在哭的妇人都在生着错觉，就像自己的男人被烧死一样。

别的女人把王阿嫂的怀里紧抱着的骨头，强迫地丢开，并且劝说着：

"王阿嫂你不要这样啊！你抱着骨头又有什么用呢？要想后事。"

王阿嫂不听别人，她看不见别人，她只有自己。把骨头又抢着疯狂地包在衣襟下，她不知道这骨头没有灵魂，也没有肉体，一切她都不能辨明。她在王大哥死尸被烧的气味里打滚，她向不可解脱的悲痛用尽全力地哭啊！

满是眼泪的小环脸转向王阿嫂说：

"妈妈，你不要哭疯了啊！爸爸不是因为疯才被人烧死的吗？"

王阿嫂，她不听到小环的话，鼓着肚子，涨开肺叶般的哭。她的手撕着衣裳，她的牙齿在咬着嘴唇。她和一匹吼叫的狮子一样。

后来张地主手提着苍蝇拂，和一只阴毒的老鹰一样，振动着翅膀，眼睛突出，鼻子向里勾曲着，调着他那有尺寸的阶级的步调从前村走来，用他压迫的口腔来劝说王阿嫂：

"天快黑了，还一劲哭什么！一个疯子死就死了吧，他的骨头有什么值钱！你回家做你以后的打算好了。现在我遣人把他埋到西岗子去。"

说着他向四周的男人们下个口令：

"这种气味……越快越好！"

妇人们的集团在低语：

"总是张老爷子，有多么慈心，什么事情，张老爷子都是帮忙的。"

王大哥是张老爷子烧死的，这事情妇人们不知道，一点不知道。田庄上的麦草打起流水样的波纹，烟筒里吐出来的炊烟，在人家的房顶上旋卷。

苍蝇拂子摆动着吸人血的姿势，张地主走回前村去。

穷汉们，和王大哥同类的穷汉们，摇煽着阔大的肩膀，王大哥的骨头被运到西岗上了。

四

三天过了，五天过了，田庄上不见王阿嫂的影子，拾土豆和割草的妇人们嘴里念道这样的话：

"她太艰苦了！肚子那么大，真是不能做工了！"

"那天张地主踢了她一脚，五天没到田庄上来。大概是孩子生了，我晚上去看看。"

"王大哥被烧死以后，我看王阿嫂就没心思过日子了。一天东哭一场，西哭一场的，最近更利害了！哪天不是一面拾土豆，一面流着眼泪？"

又一个妇人皱起眉毛来说：

"真的，她流的眼泪比土豆还多。"

另一个又接着说：

"可不是吗？王阿嫂拾得的土豆，是用眼泪换得的。"

热情在激动着，一个抱着孩子拾土豆的妇人说：

"今天晚上我们都该到王阿嫂家去看看，她是我们的同类呀！"

田庄上十几个妇人用响亮的嗓子在表示赞同。

张地主走来了，她们都低下头去工作着。张地主走开，她们又都抬起头来；就像被风刮倒的麦草一样，风一过去，草梢又都伸立起来；她们说着方才的话：

"她怎能不伤心呢？王大哥死时，什么也没给她留下。眼看又来到冬天，我们虽是有男人，怕是棉衣也预备不齐。她又怎么办呢？小孩子若生下来她可怎么养活呢？我算知道，有钱人的儿女是儿女，穷人的儿女，分明就是孽障。"

"谁不说呢？听说王阿嫂有过三个孩子都死了！"

其中有两个死去男人，一个是年轻的，一个是老太婆。她们在想起自己的事，老太婆想着自己男人被车轧死的事，年轻的妇人想着自己的男人吐血而死的事，只有这俩妇人什么也不说。

张地主来了，她们的头就和向日葵般在田庄上弯弯地垂下去。

小环的叫喊声在田主上，在妇人们的头上，响起来：

"快……快来呀！我妈妈不……不能，不会说话了！"

小环是一个被大风吹着的蝴蝶，不知方向，她惊恐的翅膀痉挛地在振动。她的眼泪在眼眶里急得和水银似的不定型地滚转。手在捉住自己的小辫，跺着脚破着声音喊：

"我妈……妈怎么了？……她不说话呀……不会呀！"

五

等到村妇挤进王阿嫂屋门的时候，王阿嫂自己在炕上发出她最后沉重的嚎声，她的身子是被自己的血浸染着，同时在血泊里也有一个小的、新的动物在挣扎。

王阿嫂的眼睛像一个大块的亮珠，虽然闪光而不能活动。她的嘴张得怕人，像猿猴一样，牙齿拼命地向外突出。

村妇们有的哭着，也有的躲到窗外去，屋子里散散乱乱，扫帚、水壶、破鞋，满地乱摆。邻家的小猫蹲缩在窗台上。小环低垂着头在墙角间站着，她哭，她是没有声音地在哭。

王阿嫂就这样地死了！新生下来的小孩，不到五分钟也死了！

六

月亮穿透树林的时节，棺材带着哭声向西岗子移动。村妇们都来相送，拖拖落落，穿着种种样样擦满油泥的衣服，这正表示和王阿嫂同一个阶级。

竹三爷手携着小环，走在前面。村狗在远处受惊地在叫。小环并不哭，她依持别人，她的悲哀似乎分给大家担负似的，她只是随了竹三爷踏着贴在地上的树影走。

王阿嫂的棺材被抬到西岗子树林里。男人们在地面上掘坑。

小环，这个小幽灵，坐在树根下睡了。林间的月光细碎地飘落在小环的脸上。她两手扣在膝盖间，头搭在手上，小辫在脖子上给风吹动着，她是个天然的小流浪者。

棺材合着月光埋到土里了，像完成一件工作似的，人们扰攘着。

竹三爷走到树根下摸着小环的头发：

"醒醒吧！孩子！回家了。"

小环闭着眼睛说：

"妈妈，我冷呀！"

竹三爷说：

"回家吧！你哪里还有妈妈？可怜的孩子别说梦话！"

醒过来了，小环才明白妈妈今天是不再搂着她睡了。她在树林里，月光下，妈妈的坟前，打着滚哭啊……

"妈妈！……你不要……我了！让我跟跟跟谁睡……睡觉呀？"

"我……还要回到……张……张……张地主家去挨打吗？"她咬住嘴唇哭。

"妈妈！跟……跟我回……回家吧！……"

远近处颤动这小姑娘的哭声，树叶和小环的哭声一样交接地在响，竹三爷同别的人一样在擦揉眼睛。

林中睡着王大哥和王阿嫂的坟墓。

村狗在远近的人家吠叫着断续的声音……

一九三三年五月二十一日

叶　子

　　园中开着艳艳的花，有蝴蝶儿飞，也有鸟儿叫。小姑娘
——叶子，唱着歌，在打旋风舞。为了捕蝴蝶把裙子扯破。
妈妈站在门口：

　　"叶子，你这样孩子。"

　　可是她什么都不听见，花枝一排一排地倒在脚下，把蝴
蝶捉在手里。

　　太阳把雪照成水了，从房檐滴到了满阶。后来树枝发青，
树叶成荫了。后园里又飞着去年的蝴蝶。五月来到，后园和
去年一样，蝴蝶戏着小姑娘们玩，蝴蝶被捕着。可是叶子，
她不捕蝴蝶了，尽坐在那儿幽思，望着天上多形的云，望着
插向云中的树枝，一会用扇子遮住她幽思的眼。

　　妈妈站在门口：

　　"叶子，你为什么总坐在那儿想啊，脸儿怕瘦了？"

她常常在园里静思，暑假慢慢地来到，表哥——莺，回来了。以后花园里，又是旋风舞，捕蝴蝶。叶子的歌声天天在后园里鲜明着。莺哥和叶子坐在树下，树叶有时落在腿上，后来树叶绕着腿飞。

暑假过去，莺哥回学校了，园里飞发树叶。只因没有花儿，鸟雀回巢，蝴蝶飞过墙东不再回来，一切被莺哥带了去似的。叶子倒在床上有病，脸儿渐渐黄，爸妈着慌，医生来了一个又一个，药瓶子摆在床头，脸儿更黄更瘦。

外面飘起白白的雪，妈妈问：

"为什么病呢？对妈妈说。"

叶子只是默默地等着寒假，常常翻着日历，十号，十一号……十五号了，她想莺哥哥是近着她了，穿得干净的衣服，坐在窗里望。真的有人在叫门，叶子心跳着。妈妈去开了门，穿着青制服，青呢帽，踏着雪响，莺哥微笑着。他问："叶子呢？"

说话时他看着叶子在窗里向他笑了笑。妈妈说着关于叶子的话走进客厅了。妈妈又说：

"叶子，半年是闹着病，只见黄瘦。"

莺哥慌忙着去见叶子，可是他走进内室了，衣上带着冷气。走近叶子的床，向她问：

"病了吗？很弱。"

她感到茫然了，眼睛无力地瞅着床，没有答话，把头低下。他没有再问，心痛着走进内室去。妈妈在客厅里说着叶子的病时，叶子在屋里听着哭了，面向着飞雪的窗外。

在东房莺哥常常发闷，有时整夜不灭灯，后来咳嗽，都说孩子大了应该定亲。他的叔叔来，说谁家的女子好，问他：

"你愿意不？我想你的学费都是舅家供给，又是住在舅家，不能信意吧？"他的叔叔又指着叶子的爸爸和妈妈说：

"并且舅父和舅母也同意。"

就是那夜，他整夜寻思着。第二天他的爸爸戴着没有耳朵的帽子背着包袱来了，没有进客厅，简直到东房去。唉，莺哥怎不难过呢。妈妈死了，爸爸上山去打柴，自己住在舅家。于是他哭了，爸爸也哭了。

叶子走进东房，火炉在地心，没生火，窗上全是冰霜。她招呼别人，把炉子生火，又到自己房里拿了厚的被子给莺哥。妈妈骂了她：

"什么事都用得着你！"

穷人没有亲戚。到晚间，他的爸爸又戴着没有耳朵的帽子走了，去经风霜。

叶子在莺哥的房里，可是莺哥一天比一天病重。叶子常常挨骂，可是莺哥的病只有沉重。妈妈说：

"不要以为你还是小孩子，你是十四五岁啦，莺哥都该娶媳妇了，不可以总在一块。"妈妈又接着说：

"自己该明白吧，他那样穷，并且亲已订妥。"

莺哥八天不能起床，可怜的莺哥，连叶子也不能多见。

在那间空洞的房里，只有爸爸陪着他。起先舅母拿钱给请医生，现在不给他请医生了。于是可怜的莺哥走在死路上。

每天夜里，别人都睡了的时候，那个管家——王四要给东房送书，这是叶子背着妈妈叫送的。

昨夜特别的，莺哥总是不睡，想说的话，又像不愿意说似的。肺痛得也像轻了些，但是他的眼睛想哭。

"爸爸，叶子怎么总不过来呢？我还拿她几本书，怎么还不来取呀？又病了吗？爸爸叫叶子来，呵，叶子一定要来。"他说时把眼泪滴到枕头上。

爸爸只得答应了去找叶子：

"好吧，不要为难，你再睡一会，亮了天我去叫她。"

天是大亮了，还不去叫叶子，让老头子怎样去找叶子呢？住在别人家里，自己的儿子有病。怎敢扰乱别人呢？

还不到中午，莺哥被装进棺材里。

送棺材的人们站到大门口，只有莺哥的爸爸和棺材往东下去。

蝶儿飞着，鸟儿叫着，又到五月了，叶子坐在后园冥想，莺哥的爸爸担着柴草经过后门了。

一九三三年九月二十日

清晨的马路上

一

"耕种烟……双鹤……大号……粉刀烟……"

"粉刀……双鹤……耕种烟……"

小孩子的声音脆得和玻璃似的，凉水似的浸透着睡在街头上的人间，在清晨活着的马路，就像已死去好久了。人们为着使它再活转来，所以街商们靠住墙根，在人行道侧开始罗列着一切他们的宝藏财富。卖浆汁的王老头把担子落下，每天是这样，占据着他自己原有的土地。他是在阴沟的旁侧，搭起一张布篷，是那样有趣的，用着他的独臂工作一切。现在烧浆汁的小锅在吐气，王老头也坐在那布篷里吐着气，是在休息。他同别的街商们一样，感到一种把生命安置得妥适的舒快。

卖烟童们叫着：

"粉刀，双鹤，耕种烟。"

"大号双鹤烟……"

小胸膛们响着，已死的马路会被孩子们的呼唤活转来，街车渐多，行人渐多，被孩子们召集来的赛会，蚂蚁样的。叫花子出街了，残废们没有小腿，把鞋子穿在手上，用胳膊来帮助行走，所以变成四条腿的独特的人形。这独特的人形和爬虫样，从什么洞里爬出来，在街上是晒太阳吗？闲走吗？许多人没有替他想过，他是自己愿意活，就爬着活，愿意死，就死在洞里。

一辆汽车飞过来，这多腿人灰白了，一刻他不知怎样做，好像一只受了伤的老熊遇到猎人。他震惊，他许多腿没有用，他的一切神经折破。于是汽车过去了。大家笑，大家都为这个多腿人静止了。等他靠近侧道时，他自己也笑了。可是不晓得他为什么要笑？眼睛望到马路的中央去，帽子在那变成一个破裂的瓜皮样，于是多腿人探出蒸气的头，他怨笑。

在布篷看守小锅的王老头，用他的独臂装好一碗浆汁，并且说，露出他残废的牙齿来：

"你吃吧！热的。"

但是帽子给汽车轧破的人却无心吃，他忧虑着。仅仅一个污秽的帽子他还忧虑着。王老头的袖子用扣针扣在衣襟上，热情地替别人去拾帽子。终于那个人拿到破裂的瓜皮。对王老头讲，这帽子怎样缝缝还不碍事。王老头说：

"不碍事，不碍事，把这碗喝下吧，不要钱的！"

二

为着有阳光的街，繁忙的街，卖烟童们的声音渐哑了。

正午时，王老头喝他的浆汁，对于他怕吃烧饼，因为烧饼太值钱。

卖馒头的小伙子走近人行道，打开肩箱，卖给街商们以馒头。有时是彼此交换的，把馒头换成袜子，或是什么碎的布片，就是这样吧。小林的妈妈在等小林回来吃中饭。可是小林回来了，在饭桌上父亲说着：

"小林，下午你要休息了，怕是嗓子太哑了，爸爸来替你。"

小林的爸爸患着咳嗽病，终年不能停息，过到了秋天的季节，病患更烦恼他。于是，爸爸一个月没有卖报去。

小林在炕上把每盒烟卷打开，取出相片来，听说别的卖烟童们用相片换得的金表或钞票。有时就连妈妈也来帮助儿子做这种事。可是，从来没换取过什么。

小林的哥哥大林回来了。他把两元钱给母亲。他向弟弟说：

"不要总玩弄那些。"

弟弟生气了：

"那么玩弄什么呢？我觉得很有意思。"

妈妈把钱藏在小箱中，并且望着小林：

"明天可以多买烟卷呢。"

他显然回到家中是苦闷了。妈妈是慈爱的：

"把烟给哥哥吸。"

小林取过一盒烟来，他爱惜烟卷好比生命似的。但做哥哥的没有这样残忍的情感来吸这烟。大林想：

"一盒便宜的烟卷要五分钱，卖一盒烟卷要赚一分钱。一盒烟要弟弟多少喊声呢？"

他总是十几天或者一个月才回家一次，也不在家住过。这夜他是挨着善于咳嗽的爸爸睡下的。爸爸是那样惹人怜，彻夜咳嗽。大林知道西药铺有止咳药，可是爸爸和妈妈一起止住他。

"林儿，今夜你是住在家中，那么明夜呢？长久了是没有钱的。"

大林显然这又烦恼着了，夜里他失眠，奇怪的爸爸虽是咳嗽，同时要给他盖过被子无数次。同院的人们起来了，大街上仍是静悄悄，连太阳都没有。大林没有洗他的脸，走向他要去的地方去。

三

这是多么沉重的夜呀，大林在昏闷中经过长短街。一间客厅里许多朋友，从窗子看进去，知道这又是星期日了。这是朋友家的一间客厅，也是许多熟人的一个闲荡处，好比一个杂货间，有穿长短袍，马褂的朋友，有穿西服的，有头发毛毛的，并且脸色枯黄的朋友。

大林坐在那里是个已定蚌壳。假若有雨雪在他身上，他不会感觉。别的朋友拿给他一支烟，对于烟好比是一条有毒的小白蛇，大林看它是这样。等他十分无兴致的时候，他又徘徊在街上。街心的一切，对他是没有意义，他坐在椅上。

父亲和小弟弟奇怪地却来到他的近前。

"哥哥，你今晚回家吧！妈妈说，我若能用相片换得来什么的时候，今晚就吃鱼。现在我是十元钱得到的。"

父亲也为了意外的成功充塞着：

"今晚你要吃鱼的，大林。"

老头子走在人群里，消失了……

四

是冬天，是夜间，在那个朋友的客厅里，连意想也没有意想，当他听到别人讲说关于烟相片换钱的时候。

"实在的，可以换到钱的，我可以给你一个证明。"朋友说。

"证明吧！"大林却把眼睛沉静着，没有相信这事。

当夜他是住在朋友的宿舍里，在梦里，他是这样可怕：全个房屋给风雪刮倒了。妈妈在风雪中哭泣。因为弟弟没有了，爸爸不见了，她不能寻到他们。

这是早晨吧，大林回家去看妈妈了。大街上骚闹的一切，卖浆的王老头，他的头从白布篷探出来，把大林唤进去：

"小林现在住在我家的，前夜你的父母是被一些什么人带走的，理由是因为你，北钟已是几天不敢回家了。"

北钟是王老头的儿子，在中学里和大林同学，现在是邻居。他同大林一样，常常不归家，使父母们，渺茫中担着忧。

小林为着失掉了妈妈，卖烟童们也失掉了他，街上再寻不到他的小声音了。

渺茫中

"两天不曾家来，他是遇到了什么事呢？"

街灯完全憔悴了，行人在绿光里忙着，倦怠着归去，远近的车声为着夜而困疲。冬天驱逐叫花子们，冬天给穷人们以饥寒交迫。现在街灯它不快乐，寒冷着地把行人送尽了！可是大名并不归来。

"宝宝，睡睡呵！小宝宝呵！"

楼窗里的小母亲唱着，去看看乳粉，盒子空了！去看看表，是十二点了！

"宝宝呵！睡睡。"

小母亲唱着，睇视着窗外，白月照满窗口，像是不能说出大名的消息来。小宝宝他不晓得人间的事，他睡在摇篮里。过道有人步声，大名么？母亲在焦听这足音，宝宝却哭了！他不晓得母亲的心。

一夜这样过着，两夜这样过着，隔壁彻夜有人说话声。这声音来得很小，一会又响着动静了。什么像是大名的声音，皮鞋响也像，再细心点听，寂静了！窗之内外，一切在夜语着。

偶然一声女人的尖笑响在隔壁，再细心听听，妇人知道那却是自己的丈夫睡到隔壁去了！

枕、床都在变迁，甚至联想到结婚之夜，战惊着的小妇人呀！好像自己的秘密已经摆在人们的眼前了。听着自己的丈夫睡在别人的房里，该从心孔中生出些什么来呢？这不过是一瞬间，再细心听下去什么声音都没有了。一切在夜语着。对于妇人，这是个渺茫的隔壁，妇人幻想着：

"他不是说过吗？在不曾结婚以前，他为着世界，工作一切，现在，也许……"

第三天了！过道上的妇人们，关于这渺茫的隔壁传说着一切：

"那个房间里的妇人走了，是同一个男人走的。都知她是很能干的，可是谁也没看见。总之，她的房里常常有人住宿和夜里讲话，她是犯了罪……"

小母亲呀！你哭吧！

"宝宝，睡呵——呵，……"

过去这个时代小宝宝会跑了，又过几年，妈妈哭他会问：

"妈妈，为什么要哭呢？"

孩子仍是不晓得母亲的心，问着问着，在污浊的阴沟旁投射石子。他还是没出巢的小鸟，他不晓得人间的事。

妇人的衣襟被风吹着，她望着生活在这小街上同一命运的孩子们击石子。宝宝回过头来问：

"妈妈，你不常常说爸爸上山追猴子，怎么总不回来呢？"

夕阳照过每家的屋顶，小街在黄昏里，母亲回想着结婚的片片，渺茫中好像三月的花踏下泥污去。

一九三三年十一月十五日

离　去

　　黎文近两天尽是幻想着海洋；白色的潮呵！惊天的潮呵！拍上红日去了！海船像只大鸟似的行走在浪潮中；海震撼着，滚动着，自己渺小得被埋在海中似的！

　　黎文他似乎不能再想！他走在路中，他向朋友家走去，朋友家的窗子忽然闪过一个影子。

　　黎文开门了！黎文进来了！即是不进来，也知道是他来了！因为他每天开门是那种声音，急速而响动。站到门栏，他的面色不如往日。他说话声，更沉埋了：

　　"昨晚我来，你们不在家，我明天走。"

　　"决定了吗？"

　　"决定了。"

　　"集到多少钱？"

　　"三十块。"

这在朋友的心中非常刺痛，连一元钱路费也不能帮助！他的朋友看一看自己的床，看一看自己的全身，连一件衣服为着行路人也没有。在地板上黎文拿起他行路用的小提包，他检查着：灰色的衬衫，白色的衬衫，再翻一翻，再翻一翻，没有什么了！碎纸和本子在里面。

　　一件棉外套，领子的皮毛张起着，里面露着棉花，黎文他现在穿一件夹的，他说：

　　"我拿这件大氅，送回主人去。"

　　"为什么要送回去？他们是有衣服穿的，把它当了去，或是卖，都好。"

　　"这太不值钱，连一元钱也卖不到。"

　　"那么你送回家去好啦！"

　　"家吗？我不回家。"

　　黎文的脸为这突然的心跳，而充血，而转白，他的眼睛像是要流泪样，假若谁再多说一句话关于他的家。

　　昨天黎文回家取衬衣，在街口遇见了小弟弟。小弟弟一看见哥哥回来，就像报喜信似的叫喊着："哥哥回来了！"每次回家，每次是这样。小弟弟颤动着卖烟卷的托盘在胸前，先跑回家去。

　　妈妈在厨房里问着："事忙吗？怎么五六天不回家？"

　　因为他近两个月每天回家。妈妈欣喜着儿子找到了职业。黎文的职业被辞退已是一星期，妈妈仍是欣喜着。又问下去：

"你的事忙吗？你的脸色都不很好，太累了吧！"

他愿意快些找到他的衬衫，他愿快些离开这个家庭。

"你又是想要走吗？这回可不许你走，你走到哪，就跟到哪！"

他像个哑人，不回答什么！后来妈妈一面缝着儿子的衣裳一面把眼泪抹到袖边，她是偷偷抹着。

他哄骗着母亲："米快要吃完了吧！过几天我能买回一袋子面。是不是？那够吃多半个月呢？"

妈妈的悲哀像是孩子的悲哀似的，受着骗，岔过去了！

他这次是最后的一次离家，将来或者能够再看见妈妈，或者不能够。因为妈妈现在就够衰老的了！就是不衰老，或者会被忧烦压倒。

黎文的心就像被摇着的铃似的，要把持也不能把持住。任意地摇吧！疯狂地摇吧！他就这样离开家门。弟弟、妈妈并没出来相送，妈妈知道儿子是常常回家的。

黎文他坐在朋友家中，他又幻想着海了！他走在马路上，他仿佛自己的脚是踏在浪上，仿佛自己是一只船浮在马路上，街市一切的声音，好像海的声音。

他向前走着，他惊怕这海洋，同时他愿意早些临近这可惊怕的海洋。

一九三四年二月十三日

患难中 ^①

沈明和木村谈着仿佛是秘密的话。一个女人走进来，当她停往门口时，沈明笑了，他嬉笑一般说："木村，这是我的嫂嫂。"

那女人咳嗽一声，高声笑出，眉毛像飞起一般，看来她非常愉悦。她没有说几句话，她走了！沈明耳语着，木村摇动一下身子，仍是把视像凝结起来。

沈明说："她是能干，那家伙我哥哥真爱她。她一天从早起盛满肚子，就是往外跑。一切分她的工作很好，可是她把左近的男人，都迷恋过，那家伙，……我不该这样说，她是我的嫂嫂哩！"

---

① 该篇创作于一九三三年三月至五月，首刊于一九三四年三月八日至五月三日《国际协报·文艺》（哈尔滨），署名田娣。目前该篇小说仅存刊于五月三日的最后一部分，其他部分已佚。

木村心中烦厌着沈明："你该回校了! 快关城门了吧？"

他说："那不要紧，我可以住在你这里。"

就这样沈明杂噪了半夜。

后来木村和那个女人接近的机会渐多，女人评论说他太灰色。可是木村仍是和她常常争论。

在这样的期间，冬梅完全躲避着木村。一天在途中他们三个人偶然相遇，和姐姐一般那个女人抚弄着冬梅的头发，冬梅气悔地推却了她，像骂着一样，背过身子走了!

木村说："这个孩子很怪的脾气。"

他只想冬梅是个怪脾气的孩子。但她会妒恨，她感到自己被抛弃一样的滋味，好像他从前是她的爱人，现在不是了。

她走回家中，哭泣一般的面孔："奶奶，我不上学了! 我们还是搬到城外去住吧。"

她寻不到祖母，于是她呼唤起来，她害怕起来，忽然想起祖父的跳河，大声叫出：

"奶奶……奶奶……"

什么地方也寻不到奶奶，她的裙子转起旋风。院中的枣树好像生着针，锐得她的心会被刺破，小狗跟在后面，瞎跑瞎忙着。冬梅从胡同跑出去，她去告诉木村，祖母没有了! 祖母不见了! 她一边说着一边不能自持，自己抓住头发，她哭起来。方才她妒恨那个女人，现在她是被她扶着走。到家中仍不见祖母，冬梅狂人一样的，坐不安牢。

祖母从街上徐徐着踱来，手杖肩在肩上，末端系住两条小鱼，小鱼不住地摆动着。祖母经过厨房时，把鲜鱼解下预备放一点水，聋婆听不见屋里的哭声。忽然她看见木村和一个生人。她笑着，脸上的皱纹立刻增多而深刻起来，嘴唇在说话的时候，像风在鼓动两面旗帜："你们来了多少时候了？我看小鱼很便宜买了两条。冬梅这孩子，客人在家里，你怎么不好好陪着说话！"

木村笑出来了说："老太太，冬梅，找不到祖母哭起来了。"

"是呀！天气很好。"她回答着不相关的话语。她又说："冬梅快下地来洗下鱼吧！今晚留木村先生他们吃鱼。"

大家都笑了！冬梅翻着身从床上跳起来了！只有祖母一个人痴然地立着，她什么也不知道，她什么也听不着。

九

训育课高张着一块牌子，写着："国文课木村先生因事长期请假，史地王先生暂且随班上课。"学校当局辞退了他，谣言说他为着某个党，努力给学生们讲着一些不相当的功课。

木村走进校门看见这个字样回家去了！在房中他胡乱地收拾东西，他想：这样的社会还有什么畏缩的呢？早就不应该无意识地停在这里。

张妈走来，他把一些零碎东西给了张妈，写一封信叫张妈交给沈明。他提一个小箱子走了，他和沈明的哥哥一样消失到什么地方去了。

冬梅慌张着探寻了几日，没有人晓得他的行踪，沈明对她说："你不要慌张，他要你好好念书，过些日子，或者他来看看你，明天我给你带来十元票子，以后你什么都要向我告诉。"

以后很长的日子，这条街和一个无风的树一般，太阳和从前一样，太阳晒在屋顶，晒在短墙，一些碎纸在墙根，捕来捕去。

从前那个王伙计，带杖子带着小孩在路南土箱旁边拾取煤渣。冬梅的祖母出来倾倒一些脏物，她动动手中的土铲，她走近箱旁的时候，想认识弯着腰的那个孩子是小魁，等她看见那个老头，伏在煤渣上时，她用愉悦的喉音说："老王是你吗？"

王伙计点着头，他褴褛着笑了！破坏不堪了！脸完全没有血色，但是他仍笑着。

出　嫁

　　秋日，枯黄的秋日，在炕上我同菱姑吃着萝卜。小妹妹
跑来了，偎着我，似乎是用眼睛说：

　　"姐姐，不要吃萝卜，厨房不是炸鱼吗？"

　　她打开门帘，厨房的鱼味和油香进来了！乡间的厨房，
多是不很讲究，挨着住屋。这是吃饭时节，桌下饭碗蒸着汽。
盘里黄色炸焦的鱼；这时候全家预备着晚餐，盘声，勺子声，
厨房的柴堆上，小孩们坐着，咬着鱼。婶娘们说笑着，但是
许多鱼不见了，她们一面说笑，嘴里却嚼着鱼；许多鱼被她
们咽下。

　　三婶娘的孩子同五婶娘的孩子打起来了，从板凳推滚在
柴堆中。大概是鼻子流了血，于是五婶娘在腋下夹着孩子，
嘴突起着，走回自己的房里去吃。五婶娘是小脚，她一走道，
地板总是有节律的咚咚，她又到厨房去拿鱼，她又到厨房去

拿碗，于是地板不停歇地咚咚着。

我有点像客人，每天同祖母一桌吃饭，祖母是炕桌，为着我在炕桌，家中的姊妹们常常有些气愤：

"人家那是识字念书的人，咱们比不上。"

今天我又听见她们说我了。我又看见那种怪脸色了！在厨房我装满我的饭碗时，我想同她们吵一架，我非常生气。

当我望着长桌的时候，三婶娘也不在了，她一定也是回到自己房里去吃饭。常常是这样，孩子们吵架，母亲们也吵架。五婶娘又出来了，五婶娘有许多特征，不但走路咚咚的，并且头也颤歪，手也颤歪，她嘴里又说些不平的小话。可是无论怎样她总是不忘掉拿鱼，她拿鱼回自己的房去。

五婶娘又能吃鱼又能说小话。

孩子们吃鱼，把鱼骨留在嗓中啦！汤碗弄翻啦！哭啦！母亲们为着这个，不知道怎样咒了呢？厨房烟和气，哭和闹，好像六月里被太阳蒸发着的猪窝。

墙外吹喇叭了！菱姑偷着推我：

"走！快点上炮台，看娶媳妇的去。"

小妹妹——莲儿也跟在后面：

"姐姐，等一会我！"

我的妈妈叫："小莲不许你去！你快回来抱小弟弟，我吃饭。"

小莲终于跑上炮台了！从炮台眼看出去那好像看电影似

的，原野，山坡，黄叶树，红缨的鞭子，束着红绳。

我问菱姑："新娘子，哪个是？"

"新娘子在被里包着哩！"

我以为菱姑取笑我。我不相信她，莲妹妹对我讲了，懂吗？新媳妇把眼睛都哭红啦？怕人笑话。

锣声响了！那种声音撼人心魂，红缨的鞭子驱着车走向黄叶林去了。

在下炮台时小妹妹频频说着：

"新媳妇怕老婆婆，她不愿意出门子！"

我戏说："你怕老婆婆不怕？你愿意出门子不愿意？"

小妹妹摇头，眯着眼睛跑进屋去。母亲在怒狠：

"你什么是小孩子了！七八岁了！一点不听话，以后也不叫你到前屋去念书，给我抱孩子！不听说就打你。"

母亲说这话，似乎是对我，小妹妹她怎样回答的，她怎样使母亲更生气。

"我跟我姐姐走，上南京！"

一九三四年三月八日

手

在我们的同学中，从来没有见过这样的手：蓝的，黑的，又好像紫的；从指甲一直变色到手腕以上。

她初来的几天，我们叫她"怪物"。下课以后大家在地板上跑着，也总是绕着她。关于她的手，但也没有一个人去问过。

教师在点名，使我们越忍越忍不住了，非笑不可了。

"李洁！""到。"

"张楚芳！""到。"

"徐桂真！""到。"

迅速而有规律性地站起来一个，又坐下去一个。但每次一喊到王亚明的地方，就要费一些时间了。

"王亚明，王亚明……叫到你啦！"别的同学有时要催促她，于是她才站起来，把两只青手垂得很直，肩头落下去，面向着棚顶说：

"到，到，到。"

不管同学们怎样笑她，她一点也不感到慌乱，仍旧弄着椅子响，庄严地，似乎费掉了几分钟才坐下去。

有一天上英文课的时候，英文教师笑得把眼镜脱下来在擦着眼睛：

"你下次不要再答'黑耳'了，就答'到'吧！"

全班的同学都在笑，把地板擦得很响。

第二天的英文课，又喊到王亚明时，我们又听到了"黑耳——黑——耳。"

"你从前学过英文没有？"英文教师把眼镜移动了一下。

"不就是那英国话吗？学是学过的，是个麻子脸先生教的……铅笔叫'喷丝儿'，钢笔叫'盆'。可是没学过'黑耳'。"

"Here 就是'这里'的意思，你读：Here！ Here！"

"喜儿，喜儿。"她又读起"喜儿"来了。这样的怪读法，全课堂都笑得战栗起来。可是王亚明，她自己却安然地坐下去，青色的手开始翻着书页，并且低声读了起来：

"华提……贼死……阿儿……"

数学课上，她读起算题来也和读文章一样：

"$2x + y = \cdots\cdots x^2 = \cdots\cdots$"

午餐的桌上，那青色的手已经抓到了馒头，她还想着"地理"课本："墨西哥产白银……云南……唔，云南的大理石。”

夜里她躲在厕所里边读书，天将明的时候，她就坐在楼梯口。只要有一点光亮的地方，我常遇到过她。有一天落着大雪的早晨，窗外的树枝挂着白绒似的穗头，在宿舍的那边，长筒过道的尽头，窗台上似乎有人睡在那里了。

“谁呢？这地方多么凉！”我的皮鞋拍打着地板，发出一种空洞洞的嗡声，因是星期日的早晨，全个学校出现在特有的安宁里。一部分的同学在化着妆；一部分的同学还睡在眠床上。

还没走到她的旁边，我看到那摊在膝头上的书页被风翻动着。

“这是谁呢？礼拜日还这样用功！”正要唤醒她，忽然看到那青色的手了。

“王亚明，哎……醒醒吧……”我还没有直接招呼过她的名字，感到生涩和直硬。

“喝喝……睡着啦！”她每逢说话总是开始钝重地笑笑。

“华提……贼死，右……爱……”她还没找到书上的字就读起来。

“华提……贼死，这英国话，真难……不像咱们中国字：什么字旁，什么字头……这个：委曲拐弯的，好像长虫爬在脑子里，越爬越糊涂，越爬越记不住。英文先生也说不难，不难，我看你们也不难。我的脑筋笨，乡下人的脑筋没有你们那样灵活。我的父亲还不如我，他说他年轻的时候，就记他这个'王'字，记了半顿饭的工夫还没记住。右……爱……右……阿儿……"说完一句话，在末尾不相干地她又读起单字来。

风车哗啦哗啦地响在壁上，通气窗时时有小的雪片飞进来，在窗台上结着些水珠。

她的眼睛完全爬满着红丝条，贪婪，把持，和那青色的手一样在争取她那不能满足的愿望。

在角落里，在只有一点灯光的地方我都看到过她，好像老鼠在啮嚼什么东西似的。

她的父亲第一次来看她的时候，说她胖了：

"妈的，吃胖了，这里吃的比自家吃的好，是不是？好好干吧！干下三年来，不成圣人吧，也总算明白明白人情大道理。"在课堂上，一个星期之内人们都是学着王亚明的父亲。第二次，她的父亲又来看她，她向她父亲要一双手套：

"就把我这副给你吧！书，好好念书，要一副手套还没有吗？等一等，不用忙……要戴就先戴这副，开春啦！我又不常出什么门，明子，上冬咱们再买，是不是？明子！"在"接见室"的门口嚷嚷着，四周已经是围满着同学，于是他又喊着明子明子的又说了一些事情：

"三妹妹到二姨家去串门啦，去啦两三天啦！小肥猪每天又多加两把豆子，胖得那样，你没看见，耳朵都挣挣起来了，……姐姐又来家腌了两罐子咸葱……"

正讲得他流汗的时候，女校长穿着人群站到前面去：

"请到接见室里面坐吧——"

"不用了，不用了，耽搁工夫，我也是不行的，我还就要去赶火车……赶回去，家里一群孩子，放不下心……"他把皮帽子放在手上，向校长直点着头，头上冒着气，他就推开门出去了。好像校长把他赶走似的。可是他又转回身来，把手套脱下来。

"爹，你戴着吧，我戴手套本来是没用的。"

她的父亲也是青色的手，比王亚明的手更大更黑。

在阅报室里，王亚明问我：

"你说，是吗？到接见室去坐下谈话就要钱的吗？"

"哪里要钱！要的什么钱！"

"你小点声说，叫她们听见，她们又该笑话了。"她用手掌指点着我读着的报纸："我父亲说的，他说接见室里摆着茶壶和茶碗，若进去，怕是校役就给倒茶了，倒茶就要钱了。我说不要，他可是不信，他说连小店房进去喝一碗水也多少得赏点钱，何况学堂呢？你想学堂是多么大的地方！"

校长已说过她几次：

"你的手，就洗不净了吗？多加点肥皂！好好洗洗，用热水烫一烫。早操的时候，在操场上竖起来的几百条手臂都是白的，就是你，特别呀！真特别。"女校长用她贫血的和化石一般透明的手指去触动王亚明的青色手，看那样子，她好像是害怕，好像微微有点抑制着呼吸，就如同让她去接触黑色的已经死掉的鸟类似的："是褪得很多了，手心可以看到皮肤了。比你来的时候强得多，那时候，那简直是铁手……你的功课赶得上了吗？多用点功，以后，早操你就不用上了，学校的墙很低，春天里散步的外国人又多，他们常常停在墙外看的。等你的手褪掉颜色再上早操吧！"校长告诉她，停止了她的早操。

"我已经向父亲要到了手套，戴起手套来不就看不见了吗？"打开了书箱，取出她父亲的手套来。

校长笑得发着咳嗽，那贫血的面孔立刻旋动着红的颜色："不必了！既然是不整齐，戴手套也是不整齐。"

假山上面的雪消融了去，校役把铃子也打得似乎更响些，窗前的杨树抽着芽，操场好像冒着烟似的，被太阳蒸发着。上早操的时候，那指挥官的口笛振鸣得也远了，和窗外树丛中的人家起着回应。

我们在跑在跳，和群鸟似的在嘈杂。带着糖质的空气迷漫着我们，从树梢上面吹下来的风混合着嫩芽的香味。被冬天枷锁了的灵魂和被束奄的棉花一样舒展开来。

正当早操刚收场的时候，忽然听到楼窗口有人在招呼什么，那声音被空气负载着向天空响去似的：

"好和暖的太阳！你们热了吧？你们……"在抽芽的杨树

后面，那窗口站着王亚明。

等杨树已经长了绿叶，满院结成了阴影的时候，王亚明却渐渐变成了干缩，眼睛的边缘发着绿色，耳朵也似乎薄了一些，至于她的肩头一点也不再显出蛮野和强壮。当她偶然出现在树荫下，那开始陷下的胸部使我立刻从她想到了生肺病的人。

"我的功课，校长还说跟不上，倒也是跟不上，到年底若再跟不上，喝喝！真会留级的吗？"她讲话虽然仍和从前一样"喝喝"的，但她的手却开始畏缩起来，左手背在背后，右手在衣襟下面突出个小丘。

我们从来没有看到她哭过，大风在窗外倒拔着杨树的那天，她背向着教室，也背向着我们，对着窗外的大风哭了。那是那些参观的人走了以后的事情，她用那已经开始在褪着色的青手捧着眼泪。

"还哭！还哭什么？来了参观的人，还不躲开。你自己看看，谁像你这样特别！两只蓝手还不说，你看看，你这件上衣，快变成灰的了！别人都是蓝上衣，哪有你这样特别，太旧的衣裳颜色是不整齐的……不能因为你一个人而破坏了制服的规律性……"她一面嘴唇与嘴唇切合着，一面用她惨白的手指去撕着王亚明的领口，"我是叫你下楼，等参观的走了再上来，谁叫你就站在过道呢？在过道，你想想，他们看不到你吗？你倒戴起了这样大的一副手套……"

说到"手套"的地方，校长的黑色漆皮鞋，那亮晶晶的鞋尖去踢了一下已经落到地板上的一只：

"你觉得你戴上了手套站在这地方就十分好了吗？这叫什么玩意？"她又在手套上踏了一下，她看到那和马车夫一样肥大的手套，抑制不住地笑出声来了。

王亚明哭了这一次，好像风声都停止了，她还没有停止。

暑假以后，她又来了。夏末简直和秋天一样凉爽，黄昏以前的太阳染在马路上，使那些铺路的石块都变成了朱红色。我们集着群在校门里的山丁树下吃着山丁。就是这时候，王亚明坐着的马车从"喇嘛台"那边哗啦哗啦地跑来了。只要马车一停下，那就全然寂静下去。她的父亲搬着行李，她抱着面盆和一些零碎，走上台阶来了。我们并不立刻为她闪开，有的说着："来啦！""你来啦！"有的完全向她张着嘴。

等她父亲腰带上挂着的白毛巾一抖一抖地走上了台阶，就有人在说：

"怎么！在家住了一个暑假，她的手又黑了呢？那不是和铁一样了吗？"

秋季以后，宿舍搬家的那天，我才真正注意到这铁手。我似乎已经睡着了，但能听到隔壁在吵叫着：

"我不要她，我不和她并床。"

"我也不和她并床。"

我再细听了一些时候，就什么也听不清了，只听到嗡嗡的笑声和绞成一团的吵嚷。夜里我偶然起来到过道去喝了一次水。长椅上睡着一个人，立刻就被我认出来，那是王亚明。两只黑手遮着脸孔，被子一半脱落在地板上，一半挂在她的脚上。我想她一定又是借着过道的灯光在夜里读书，可是她的旁边也没有什么书本，并且她的包袱和一些零碎就在地板上围绕着她。

第二天的夜晚，校长走在王亚明的前面，一面走一面响着鼻子，她穿着床位，用她的细手推动那一些连成排的铺平的白床单：

"这里，这里的一排七张床，只睡八个人，六张床还睡九个呢！"她翻着那被子，把它排开一点，让王亚明把被子就夹在这地方。

王亚明的被子展开了，为着高兴的缘故，她还一边铺着床铺，一边嘴里似乎打着哨子，我还从没听到过这个，在女学校里边，没有人用嘴打过哨子。

她已经铺好了，她坐在床上张着嘴，把下颚微微向前抬起一点，像是安然和舒畅在镇压着她似的。校长已经下楼了，或者已经离开了宿舍，回家去了。但，舍监这老太太，鞋子在地板上擦擦着，头发完全失掉了光泽，她跑来跑去：

"我说，这也不行……不讲卫生，身上生着虫类，什么人还不想躲开她呢？"她又向角落里走了几步，我看到她的白眼球好像对着我似的："看这被子吧！你们去嗅一嗅！隔着二

045
手

尺远都有气味了……挨着她睡觉，滑稽不滑稽！谁知道……虫类不会爬了满身吗？去看看，那棉花都黑得什么样子啦！"

舍监常常讲她自己的事情，她的丈夫在日本留学的时候，她也在日本，也算是留学。同学们问她：

"学的什么呢？"

"不用专学什么！在日本说日本话，看看日本风俗，这不也是留学吗？"她说话总离不了"不卫生，滑稽不滑稽……肮脏"，她叫虱子特别要叫虫类。

"人肮脏手也肮脏。"她的肩头很宽，说着肮脏她把肩头故意抬高了一下，好像寒风忽然吹到她似的，她跑出去了。

"这样的学生，我看校长可真是……可真是多余要……"打过熄灯铃之后，舍监还在过道里和别的一些同学在讲说着。

第三天夜晚，王亚明又提着包袱，卷着行李，前面又是走着白脸的校长。

"我们不要，我们的人数够啦！"

校长的指甲还没接触到她们的被边时，她们就嚷了起来，并且换了一排床铺，也是嚷了起来：

"我们的人数也够啦！还多了呢！六张床，九个人，还能再加了吗？"

"一、二、三、四……"校长开始计算，"不够，还可以再加一个，四张床，应该六个人，你们只有五个……来！王亚明！"

"不，那是留给我妹妹的，她明天就来……"那个同学跑过去，把被子用手按住。

最后，校长把她带到别的宿舍去了。

"她有虱子，我不挨着她……"

"我也不挨着她……"

"王亚明的被子没有被里，棉花贴着身子睡，不信，校长看看！"

后来她们就开着玩笑，竟至说出害怕王亚明的黑手而不敢接近她。

以后，这黑手人就睡在过道的长椅上。我起得早的时候，就遇到她在卷着行李，并且提着行李下楼去。有时我也在地下"储藏室"遇到她，当然是夜晚，所以她和我谈话的时候，我都是看看墙上的影子，她搔着头发的手，那影子印在墙上也和头发一样颜色。

"惯了，椅子也一样睡，就是地板也一样，睡觉的地方，就是睡觉，管什么好歹！念书是要紧的……我的英文，不知在考试的时候，马先生能给我多少分数？不够六十分，年底要留级的吗？"

"不要紧，一门不能够留级。"我说。

"爹爹可是说啦！三年毕业，再多半年，他也不能供给我学费……这英国话，我的舌头可真转不过弯来。喝喝……"

全宿舍的人都在厌烦她，虽然她是住在过道里。因为她夜里总是咳嗽着……同时在宿舍里边她开始用颜料染着袜子和上衣。

"衣裳旧了,染染差不多和新的一样。比方,夏季制服,染成灰色就可以当秋季制服穿……比方,买白袜子,把它染成黑色,这都可以……"

"为什么你不买黑袜子呢?"我问她。

"黑袜子,他们是用机器染的,矾太多……不结实,一穿就破的……还是咱们自己家染的好……一双袜子好几毛钱……破了就破了还得了吗?"

礼拜六的晚上,同学们用小铁锅煮着鸡子。每个礼拜六差不多总是这样,她们要动手烧一点东西来吃。从小铁锅煮好的鸡子,我也看到的,是黑的,我以为那是中了毒。那端着鸡子的同学,几乎把眼镜呛哧得掉落下来:

"谁干的好事!谁?这是谁?"

王亚明把面孔向着她们来到了厨房,她拥挤着别人,嘴里喝喝地:

"是我,我不知道这锅还有人用,我用它煮了两双袜子……喝喝……我去……"

"你去干什么?你去……"

"我去洗洗它!"

"染臭袜子的锅还能煮鸡子吃!还要它?"铁锅就当着众人在地板上咣啷咣啷地跳着,人呛哧着,戴眼镜的同学把黑色的鸡子好像抛着石头似的用力抛在地上。

人们都散开的时候，王亚明一边拾着地板上的鸡子，一边在自己说着话：

"哟！染了两双新袜子，铁锅就不要了！新袜子怎么会臭呢？"

冬天，落雪的夜里，从学校出发到宿舍去，所经过的小街完全被雪片占据了。我们向前冲着，扑着，若遇到大风，我们就风雪中打着转，倒退着走，或者是横着走。清早，照例又要从宿舍出发，在十二月里，每个人的脚都冻木了，虽然是跑着，也要冻木的。所以我们咀诅和怨恨，甚至于有的同学已经在骂着，骂着校长是"混蛋"，不应该把宿舍离开学校这样远，不应该在天还不亮就让学生们从宿舍出发。

有些天，在路上我单独地遇到王亚明。远处的天空和远处的雪都在闪着光，月亮使得我和她踏着影子前进。大街和小街都看不见行人。风吹着路旁的树枝在发响，也时时听到路旁的玻璃窗被雪扫着在呻叫。我和她谈话的声音，被零度以下的气温所反应也增加了硬度。等我们的嘴唇也和我们的腿部一样感到了不灵活，这时候，我们总是终止了谈话，只听着脚下被踏着的雪，乍乍乍地响。

手在按着门铃，腿好像就要自己脱离开，膝盖向前时时要跪了下去似的。

我记不得哪一个早晨，腋下带着还没有读过的小说，走出了宿舍，我转过身去，把栏栅门拉紧。但心上总有些恐惧，越看远处模糊不清的房子，越听后面在扫着的风雪，就越害怕起来。星光是那样微小，月亮也许落下去了，也许被灰色的和土色的云彩所遮蔽。

走过一丈远，又像增加了一丈似的，希望有一个过路的人出现，但又害怕那过路人，因为在没有月亮的夜里，只能听到声音而看不见人，等一看见人影，那就从地面突然长了起来似的。

我踏上了学校门前的石阶，心脏仍在发热，我在按铃的手，似乎已经失去了力量。突然，石阶又有一个人走上来了。

"谁？谁？"

"我！是我。"

"你就走在我的后面吗！"因为一路上我并没听到有另外的脚步声，这使我更害怕起来。

"不，我没走在你的后面，我来了好半天了。校役他是不给开门的，我招呼了不知道多大工夫了。"

"你没按过铃吗？"

"按铃没有用，喝喝，校役开了灯，来到门口，隔着玻璃向外看看……可是到底他不给开。"

里边的灯亮起来，一边骂着似的喱喱喱地把门给打开了：

"半夜三更叫门……该考背榜不是一样考背榜吗？"

"干什么？你说什么？"我这话还没有说出来，校役就改变了态度：

"萧先生，您叫门叫了好半天了吧？"

我和王亚明一直走进了地下室，她咳嗽着，她的脸苍黄得几乎是打着皱纹似的颤索了一些时候，被风吹得而挂下来的眼泪还停留在脸上，她就打开了课本。

"校役为什么不给你开门？"我问。

"谁知道？他说来得太早，让我回去，后来他又说校长的命令。"

"你等了多少时候了？"

"不算多大工夫，等一会，就等一会，一顿饭这个样子。喝喝……"

她读书的样子完全和刚来的时候不一样，那喉咙渐渐窄小了似的，只是喃喃着，并且那两边摇动的肩头也显着紧缩和偏狭，背脊已经弓了起来，胸部却平了下去。

我读着小说，很小的声音读着，怕是搅扰了她；但这是第一次，我不知道为什么这只是第一次？

她问我读的什么小说，读没读过《三国演义》？有时她也拿到手里看看书面，或是翻翻书页。"像你们多聪明！功课连看也不看，到考试的时候也一点不怕。我就不行，也想歇一会，看看别的书……可是那就不成了……"

有一个星期日，宿舍里面空朗朗的，我就大声读着《屠场》上正是女工玛利亚昏倒在雪地上的那段，我一面看着窗外的雪地一面读着，觉得很感动。王亚明站在我的背后，我一点也不知道。

"你有什么看过的书，也借给我一本，下雪天气，实在沉闷，本地又没有亲戚，上街又没有什么买的，又要花车钱……"

"你父亲很久不来看你了吗？"我以为她是想家了。

"哪能来！火车钱，一来回就是两元多……再说家里也没有人……"

我就把《屠场》放在她的手上，因为我已经读过了。

她笑着，"喝喝"着，她把床沿颤了两下，她开始研究着那书的封面。等她走出去时，我听在过道里她也学着我把那书开头的第一句读得很响。

以后，我又不记得是哪一天，也许又是什么假日，总之，宿舍是空朗朗的，一直到月亮已经照上窗子，全宿舍依然被剩在寂静中。我听到床头上有沙沙的声音，好像什么人在我的床头摸索着，我仰过头去，在月光下我看到了是王亚明的黑手，并且把我借给她的那本书放在我的旁边。

我问她："看得有趣吗？好吗？"

起初，她并不回答我，后来她把脸孔用手掩住，她的头发也像在抖着似的。她说：

"好。"

我听她的声音也像在抖着，于是我坐了起来。她却逃开了，用着那和头发一样颜色的手横在脸上。

　　过道的长廊空朗朗的，我看着沉在月光里的地板的花纹。

　　"玛利亚，真像有这个人一样，她倒在雪地上，我想她没有死吧！她不会死吧……那医生知道她是没有钱的人，就不给她看病……喝喝！"很高的声音，她笑了，借着笑的抖动眼泪才滚落下来，"我也去请过医生，我母亲生病的时候，你看那医生他来吗？他先向我要马车钱，我说钱在家里，先坐车来吧！人要不行了……你看他来吗？他站在院心问我：'你家是干什么的？你家开'染缸房'（染衣店）吗？'不知为什么，一告诉他是开'染缸房'的，他就拉开门进屋去了……我等他，他没有出来，我又去敲门，他在门里面说：'不能去看这病，你回去吧！'我回来了……"她又擦了擦眼睛才说下去，"从这时候我就照顾着两个弟弟和两个妹妹。爹爹染黑的和蓝的，姐姐染红的……姐姐定亲的那年，上冬的时候，她的婆婆从乡下来住在我们家里，一看到姐姐她就说：'唉呀！那杀人的手！'从这起，爹爹就说不许某个人专染红的，某个人专染蓝的。我的手是黑的，细看才带点紫色，那两个妹妹也都和我一样。"

　　"你的妹妹没有读书？"

　　"没有，我将来教她们，可是我也不知道我读得好不好，读不好连妹妹都对不起……染一匹布多不过三毛钱……一个月能有几匹布来染呢？衣裳每件一毛钱，又不论大小，送来染的都是大衣裳居多……去掉火柴钱，去掉颜料钱……那不是吗！我的学费……把他们在家吃咸盐的钱都给我拿来啦……我哪能不用心念书，我哪能？"她又去摸触那本书。

我仍然看着地板上的花纹，我想她的眼泪比我的同情高贵得多。

还不到放寒假时，王亚明在一天的早晨，整理着手提箱和零碎，她的行李已经束得很紧，立在墙根的地方。

并没有人和她去告别，也没有人和她说一声再见。我们从宿舍出发，一个一个地经过夜里王亚明睡觉的长椅，她向我们每个人笑着，同时也好像从窗口在望着远方。我们使过道起着沉重的骚音，我们下着楼梯，经过了院宇，在栏栅门口，王亚明也赶到了，并且呼喘，并且张着嘴：

"我的父亲还没有来，多学一点钟是一点钟……"她向着大家在说话一样。

这最后的每一点钟都使她流着汗，在英文课上她忙着用小册子记下来黑板上所有的生字。同时读着，同时连教师随手写的已经是不必要的读过的熟字她也记了下来。在第二点钟地理课上她又费着气力模仿着黑板上教师画的地图，她在小册子上也画了起来……好像所有这最末一天经过她的思想都重要起来，都必得留下一个痕迹。

在下课的时间，我看了她的小册子，那完全记错了：英文字母，有的脱落一个，有的她多加上一个……她的心情已经慌乱了。

夜里，她的父亲也没有来接她，她又在那长椅上展了被褥。只有这一次，她睡得这样早，睡得超过平常以上的安然。头发接近着被边，肩头随着呼吸放宽了一些。今天她的左右并不摆着书本。

早晨，太阳停在颤抖的挂着雪的树枝上面，鸟雀刚出巢的时候，她的父亲来了。停在楼梯口，他放下肩上背来的大毡靴，他用围着脖子的白毛巾掳去胡须上的冰溜：

"你落了榜吗？你……"冰溜在楼梯上融成小小的水珠。

"没有，还没考试，校长告诉我，说我不用考啦，不能及格的……"

她的父亲站在楼梯口，把脸向着墙壁，腰间挂着的白手巾动也不动。

行李拖到楼梯口了，王亚明又去提着手提箱，抱着面盆和一些零碎，她把大手套还给她的父亲。

"我不要，你戴吧！"她父亲的毡靴一移动就在地板上压了几个泥圈圈。

因为是早晨，来围观的同学们很少。王亚明就在轻微的笑声里边戴起了手套。

"穿上毡靴吧！书没念好，别再冻掉了两只脚。"她的父亲把两只靴子相连的皮条解开。

靴子一直掩过了她的膝盖，她和一个赶马车的人一样，头部也用白色的绒布包起。

"再来，把书带回家好好读读再来。喝……喝。"不知道她向谁在说着。当她又提起了手提箱，她问她的父亲：

"叫来的马车就在门外吗？"

"马车，什么马车？走着上站吧……我背着行李……"

王亚明的毡靴在楼梯上扑扑地拍着。父亲走在前面，变了颜色的手抓着行李的角落。

那被朝阳拖得苗长的影子，跳动着在人的前面先爬上了木栅门。从窗子看去，人也好像和影子一般轻浮，只能看到他们，而听不到关于他们的一点声音。

出了木栅门，他们就向着远方，向着迷漫着朝阳的方向走去。

雪地好像碎玻璃似的，越远那闪光就越刚强。我一直看到那远处的雪地刺痛了我的眼睛。

一九三六年三月

马房之夜

等他看见了马颈上的那串铜铃，他的眼睛就早已昏盲了，已经分辨不出那坐在马背上的就是他少年的同伴。

冯山——十年前他还算是老猎人。可是现在他只坐在马房里细心地剥着山兔的皮毛……鹿和狍子是近年来不常有的兽类，所以只有这山兔每天不断地翻转在他的手里。他常常把刀子放下，向着身边的剥着的山兔：

"这样的射法，还能算个打猎的！这正是肉厚的地方就是一枪……这叫打猎？打什么猎呢！这叫开后堵……照着屁股就是一枪……"

"会打山兔的是打腿……杨老三，那真是……真是独手……连点血都不染……这可倒好……打个牢实，跑不了……"他一说到杨老三，就不立刻接下去。

"我也是差一点呢！怎样好的打手也怕犯事。杨老三去当胡子那年，我才二十三岁，真是差一芝麻粒，若不是五东家，我也到不了今天。三翻四覆地想要去……五东家劝我：还是就这样干吧！吃劳金，别看捞钱少。年轻轻的……当胡子是逃不了那最后的一条路。若不是五东家就可真干了，年轻的那一伙人，到现在怕是只有五东家和我了。那时候，他开烧锅……见一见，三十多年没有见面。老兄弟……从小就在一块……"他越说越没有力量。手下剥着的山兔皮，用小刀在肚子上划开了，他开始撕着："这他妈的还算回事！去吧！没有这好的心肠剥你们了……"拉着凳子，他坐到门外去抽烟。

飞着清雪的黄昏，什么也看不见，他一只手摸着自己的长统毡靴，另一只手举着他的烟袋。

从他身边经过的拉柴的老头向他说：

"老冯，你在喝匹北风吗？"

帮助厨夫烧火的冻破了脚的孩子向他说：

"冯二爷，这冷的天，你摸你的胡子都上霜啦。"

冯山的肩头很宽，个子很高，他站起来几乎是触到了房檐。在马房里他仍然是坐在原来的地方，他的左边有一条板凳，摆着已经剥好了的山兔；右边靠墙的钉子上挂着一排一排的毛皮。这次他再动手工作就什么也不讲了，一直到天黑，一直夜里，他困在炕上。假若有人问他："冯二爷，你喝酒吗？"这时候，他也是把头摇摇，连一个"不"字也不想再说。并且在他摇头的时候，看得出他的牙齿在嘴里边一定咬得很紧。

在鸡鸣以前，那些猎犬被人们挂了颈铃，哐啷啷地走上了旷野。那铃子的声音好像隔着村子，隔着树林，隔着山坡那样遥远了去。

冯山捋着胡子，使头和枕头离开一点，他听听：

"半里路以外啦……"他点燃了烟袋，那铃声还没有完全消失。

"嗯……许家村过去啦！嗯……也许停在白河口上，嗯！嗯……白河……"他感受到了颤索，于是把两臂缩进被子里边。烟袋就自由地横在枕头旁边。冒着烟，发着小红的火光。为着多日不洗刷的烟管，哝哝的，像是鸣唱似的叫着。在他用力吸着的时候，烟管就好像蹲在房脊上的鸽子在睡觉似的……咕……咕……咕……

假若在人们准备着出发的时候他醒来，他就说："慢慢的，不要忘记了干粮，人还多少能挨住一会，狗可不行……一饿它就随时要吃，不管野鸡，不管兔子。也说不定，人若肚子空了，那就更糟，走几步，就满身是汗，再走几步，那就不行了……怕是遇到了狼也逃不脱啦……"

假若他醒，只看到被人们换下来的毡靴，连铃子也听不到的时候，他就越感受到孤独，好像被人们遗弃了似的。

今夜，虽然不是完全没有听到一点铃声，但是孤独的感觉却无缘无故地被响亮的旷野上的铃子所唤起……在冯山的心上经过的是：远方，山，河……树林……枪声……他想到了杨老三，想到了年轻时的那一群伙伴：

"就只剩五东家了……见一见……"

他换了一袋烟的时间，铃声完全断绝下去。

"嗯！说不定过了白河啦……"因为他想不出昏沉的旷野上猎犬们跑着的踪迹。

"四十来年没再见到，怕是不认识了……"他无意识地又捋了一下胡子，摸摸鼻头和眼睛。

烟管伴着他那遥远的幻想，咝咝地鸣叫，时时要断落下来。于是他下唇和绵绒一般的白胡子也就紧靠住了被边。

三月里的早晨，冯山一推开马房的门扇，就撞掉了几颗挂在檐头的冰溜。

他看一看猎犬们完全没有上锁，任意跑在前面的平原上，孩子们也咆哮在平原上。

他拖着毡靴向平原奔去。他想在那里问问孩子们，五东家要来是不是真事？马倌这野孩子是不是扯谎？

白河在前边横着了。他在河面上几次都是要跪了下去。那些冰排，那些发着响的，灰色的，亮晶晶的被他踏碎了的一块一块的冰泡，使他疑心到："不会被这河葬埋了吧？"

他跑到平原，随意抓到一个结着辫子的孩子，他们在融解掉白雪的冰地上丢着铜钱。

"小五子是要来吗？多少时候来？马倌不扯谎？"小五子是五东家年轻的时候留给他的称呼。

"干什么呀？冯二爷……你给人家踏破了界线！"小姑娘推开了他，用一只脚跳着去取她的铜钱。

"回家去问问你娘，五东家要来吗？多少时候来？你爹是赶车的，他是来回跑北荒的，他准知道。"

他从平原上回来的时候，连自己也不知道为什么一路上总是向北方看去，那一层一层的小山岭，山后面被云彩所弥漫着，山后面的远方，他是想看也看不到的，因为有山隔着。就是没有山，他的眼睛也不能看得那么远了。于是他想着通到北荒去的大道，多年了……几十年……从和小五子分开，就没再到北荒去。那道路……嗯……恐怕也改变啦……手里拿着四耳帽子，膝盖向前一弓一弓地过了白河，河冰在下面咯吱地呻叫。

他自己说："雁要来了，白河也要开了。"

大风的下午，冯山看着那黄澄澄的天色。

马倌联着几匹马在檐下遇到了他：

"你还不信吗？你到院里去问问，五东家明天晌午不到，晚饭的时候一定到……"在马身上他高抬着右手，恰巧大门洞里走进去一匹骑马，又加上马倌那摆摆的袖子，冯山感到有什么在心上爆裂了一阵。

"扯谎的小东西，你不骗我？你这小鬼头，你的话，我总是信一半，疑一半……"冯山向大门洞的方向走去，已经走了一丈路他还说："你这小子，扯谎的毛头……五东家，他就能来啦！也是六十岁的人了……出门不容易……"他回头去看看马倌坐在马背上连头也不回地跑去了。

冯山也跑了起来："可是真的？明天就来！"他越跑，大风就好像潮水似的越阻止着他的膝盖。

第一个，他问的少东家，少东家说："是，来的。"

他又去问倒脏水的老头，他也说："是。"

可是他总有点不相信："这是和我开玩笑的圈套吧？"于是他又去问赶马爬犁的马夫："李山东，我说……北荒的五东家明天来？可是真的？你听见老太太也是说吗？"

"俺山东不知道这个。"他用宽大的扫帚，扫着爬犁上的草末绞着风，扑上了人脸。

冯山想："这爬犁也许就是进城的吧？"但是他离了他，他想去问问井口正在饮马的闹嚷嚷的一群人。他向马群里去的时候，他听到冯厨子在什么地方招呼他："冯二爷，冯二爷……你的老老朋友明天天就来到啦！"

他反过身来，从马群撞出来，他看到马群也好像有几百匹似的在阻拦着他。

"这是真的了，冯厨子！那么报信的已经来啦！"

"来啦！在在，在大上房里吃吃饭！"

冯山在厨房的门口打着转，烟袋插在烟口袋里去，他要给冯厨子吃一袋烟。冯厨子的络腮胡子在他看来也比平日更庄严了些。

"这真是正经人，不瞎开玩笑……"他点燃一根火柴，又燃了一根火柴。

在他们旁边的窗子空哐地摔落下来。这时候他们走进厨房去，坐在那靠墙壁的小凳上。他正要打听冯厨子关于五东家今夜是停在河西还是河东？这时候，他听到上房门口有人为着那报信的人而唤着：

"冯厨子，来热一热酒！"

冯山，他总想站到一群孩子的前面，右手齐到眉头的地方，向远方照着。虽然他是颤抖着胡子，但那看，却和孩子们的一样。

中午的时候，连东家里的太太们也都来到了高岗，高岗下面就临着大路。只要车子或是马匹一转过那个山腰，用不了半里路，就可以跑到人们的脚下。人们都望着那山腰发白的道路。冯山也望着山腰也望着太阳，眼睛终于有些花了起来，他一抬头好像那高处的太阳就变成了无数个。眼睛起了金花，好像那山腰的大道也再看不见了。太阳快要靠近了山边的时候，就更红了起来，并且也大了，好像大盆一样停在山头上。他一看那山腰，他就看到了那大红的太阳，连山腰也不能再看了。于是低下头去，扯着腰间的蓝布腰带的一端揩着眼睛。

孩子们说："冯二爷哭啦！冯二爷哭啦……"

他连忙把腰带放下去，为的是给孩子们看看："哪里哭……把眼睛看花啦……"

山腰上出现了两辆车子和一匹骑马。

"来啦！来啦！……骑黑马……"

"正正是，去接的不就是两辆车子吗？"

"是……是……"

孩子们，有的下了高岗顺着大道跑去了。冯山的白胡子像是混杂了金丝似的闪光，他扶了孩子们的肩头，好像要把自己来抻高一点："亲到什么地方了呢？来到……"有人说："过了太平沟的桥啦！"有人说："不对……那不是有排小树吗？树后面不就是井家岗吗？井家岗是在桥这边。"

"井家岗也不过就是两袋烟的工夫。"

看得见骑黑马的人是戴着土黄色的风帽，并且骑马渐渐离开车子而走在前边，并且那马串铃的声响也听得到了。

冯山的两只手都一齐地遮上了眉头，等他看见了马颈上的那串铜铃，他的眼睛就早已昏盲了，已经分辨不出那坐在马背上的就是他少年时的同伴。

他走了一步，他再走了一步，已经走下了高岗。他过去，他扒住了那马的辔头，他说："老五……"他就再什么也不说了。

太阳在西边，在山顶上，只划着半个盆边的形状，扯扯拖拖的，冯山伴着一些孩子们和五东家走进了上房。

在吃酒的时候他和五东家是对面坐着，他们说着杨老三是哪年死的，单明德是哪年死的……还有张国光……这一些都是他们年轻时的同伴。酒喝得多了一些的时候，冯山想要告诉他，某年某年他还勾搭了一个寡妇。但他看看周围站着的东家的太太们或姑娘们，他又感觉得这是不方便说了。

五东家走了的那天夜晚，他好像只记住了那红色的鞍，那土黄色的风帽。他送他过了太平沟的时候，他才看到站在桥上的都是五东家的家族……他后悔自己就没有一个家族。

马房里的特有的气味，一到春天就渐渐地恢复起来。那夜又是刮着狂风的夜，所有的近处的旷野都在发着啸……他又像被人们遗忘了，又好像年轻的时候出去打猎在旷野上迷失了。

他好像听到送马匹的人不知在什么地方喊着："啊喔呼……长冬来在白河口……啊噢……长冬来在白河口……"

马倌喂马的时候，他喊着马倌："给老冯来烫两盅酒。"

等他端起酒杯来，他又不想喝了，从那深陷下去的眼窠里，却安详地溢出两条寂寞的泪流。

一九三六年五月六日

红的果园

五月一开头这果园就完全变成了深绿。在寂寞的市梢上，游人也渐渐增多了起来。那河流的声音，好像喑哑了去，交组着的是树声、虫声和人语的声音。

园前切着一条细长的闪光的河水，园后，那白色楼房的中学里边常常有钢琴的声音在夜晚散布到这未熟的果子们的中间。

从五月到六月，到七月，甚至于到八月，这园子才荒凉下来。那些树，有的在三月里开花，有的在四月里开花。但，一到五月，这整个的园子就完全是绿色的了，所有的果子就在这期间肥大了起来。后来，果子开始变红，后来全红，再后来——七月里——果子们就被看园人完全摘掉了，再后来，就是看园人开始扫着那些从树上自己落下的黄叶的时候。

园子在风声里面又收拾起来了。

但那没有和果子一起成熟的恋爱，继续到九月也是可能的。

园后那学校的教员室里的男子的恋爱，虽然没有完结，也就算完结了。

他在教员休息室里也看到这园子，在教室里站在黑板前面也看到这园子，因此他就想到那可怕的白色的冬天。他希望刚走去了的冬天接着再来，但那是不可能。

果园一天一天地在他的旁边成熟，他嗅到果子的气味就像坐在园里的一样。他看见果子从青色变成红色，就像拿在手里看得那么清楚。同时园门上插着的那张旗子，也好像更鲜明了起来，那黄黄的颜色使他对着那旗子起着一种生疏、反感和没有习惯的那种感觉。所以还不等果子红起来，他就把他的窗子换上了一张蓝色的窗围。

他怕那果子会一个一个地透进他的房里来，因此他怕感到什么不安。

果园终于全红起来了，一个礼拜，两个礼拜，差不多三个礼拜，园子还是红的。

他想去问问那看园子的人，果子究竟要红到什么时候。但他一走上那去果园的小路，他就心跳，好像园子在眼前也要颤抖起来。于是他背向着那红色的园子擦擦眼睛，又顺着小路回来了。

在他走上楼梯时，他的胸膛被幻想猛烈地攻击了一阵：

他看见她就站在那小道上，蝴蝶在她旁边的青草上飞来飞去。"我在这里……"他好像听到她的喊声似的那么震动。他又看到她等在小夹树道的木凳上，他还回想着，他是跑了过去的，把她牵住了，于是声音和人影一起消失到树丛里去了。他又想到通夜在园子里走着的景况……有时热情来了的时候，他们和虫子似的就靠着那树丛接吻了。朝阳还没有来到之前，他们的头发和衣裳就被夜露完全打湿了。

他在桌上翻开了学生作文的卷子，但那上面写着些什么呢？

"皇帝登极，万民安乐……"

他又看看另一本，每一本开头都有这么一段……他细看时，那并不是学生们写的，是用铅字已经替学生们印好了的，他翻了所有的卷子，但铅字是完全一样。

他走过去，把蓝色的窗围放下来，他看到那已经熟识了的看园人在他的窗口下面扫着园地。

看园人说："先生！不常过来园里走走？总也看不见先生呢！"

"嗯！"他点着头，"怎么样？市价还好？"

"不行啦。先生，你看……这不是吗？"那人用竹帚的把柄指着太阳快要落下来的方向，那面飘着一些女人的花花的好像口袋一样大的袖子。

"这年头，不行了啊！不是年头……都让他们……让那些东西们摘了去啦……"他又用竹帚的把柄指打着树枝，"先生……看这里……真的难以栽培，折的折，掉枝的掉枝……招呼她们不听，又哪敢招呼呢？人家是日本二大爷……"他又问，"女先生，那位，怎么今年也好像总也没有看见？"

他想告诉他："女先生当 ×× 军去了。"但他没有说。他听到了园门上旗子的响声，他向着旗子的方向看了看，也许是什么假日，园门来换了一张大的旗……黄色的……好像完全黄色的。

看园子的人已经走远了，他的指甲还在敲着窗上的玻璃，他看着，他听着，他对着这"园子"和"旗"起着兴奋的情感，于是被敲着的玻璃更响了，假若游园的人经过他的窗下，也能够听到他的声音。

一九三六年九月东京

红的果园

王四的故事

红眼睛的、走路时总爱把下巴抬得很高的王四，只要他一走进院门来，那沿路的草茎或是孩子们丢下来的玩物，就塞满了他的两只手。有时他把拾到了的铜元塞到耳洞里：

"他妈的……是谁的呀？快来拿去！若不快些来，它就要钻到我的耳朵不出来啦……"他一面摇着那尖顶的草帽一边蹲下来。

孩子们抢着铜元的时候，撕痛了他的耳朵。

"啊哈！这些小东西们，他妈的，不拾起来，谁也不要，看成一块烂泥土，拾起来，就都来啦！你也要，他也要……好像一块金宝啦……"

他仍把下巴抬得很高，走进厨房去。他住在主人家里十年或者也超出了。但在他的感觉上，他一走进这厨房就好像走进他自己的家里那么一种感觉，也好像这厨房在他管理之下不止十年或二十年，已经觉察不出这厨房是被他管理的意思，已经是他的所有了！这厨房，就好像从主人的手里割给了他似的。

……碗橱的二层格上扣着几只碗和几只盘子，三层格上就完全是蓝花的大海碗了。至于最下一层，那些瓦盆，哪一个破了一个边，哪一个盆底出了一道纹，他都记得清清楚楚。

有时候吃完晚饭在他洗碗的时候，他就把灯灭掉，他说是可以省下一些灯油。别人若问他：

"不能把家具碰碎啦？"

他就说：

"也不就是一个碗橱吗？好大一件事情……碗橱里哪个角落爬着个蟑螂，伸手就摸到……那是有方向的，有尺寸的……耳朵一听吗，就知道多远了。"

他的生活就和溪水上的波浪一样：安然，平静，有规律。主人好像在几年前已经不叫他"王四"了，叫他"四先生"，从这以后，他就把自己看成和主人家的人差不多了。

但，在吃饭的时候，总是最末他一个人吃，支取工钱的时候，总是必须拿着手折。有一次他对少主人说：

"我看手折……也用不着了吧！这些年……还用画什么押？都是一家人一样，谁还信不着谁……"

他的提议并没有被人接受。再支工钱时，仍是拿着手折。

"唉……这东西，放放倒不占地方，就是……哼……就是这东西不同别的，是银钱上的……挂心是真的。"

他展开了行李，他看看四面有没有人，他的样子简直像在偷东西。

"哼！好啦！"他自己说，一面用手压住褥子的一角，虽然手折还没有完全放好，但他的习惯是这样，到夜深，再取出来，把它换个地方，常常是塞在枕头里边。十几年他都是这样保护着他的手折。手折也换过了两三个，因为都是画满了押，盖满了图章。

另外一次，他又去支取工钱，少主人说：

"王老四……真是上了年纪……眼睛也花了，你看，你把这押画在什么地方去了呢？画到线外去啦！画到上次支钱的地方去啦……"

王四拿起手折来，一看到那已经歪到一边去的押号，他就哈哈地张着嘴："他妈……"他刚想要说，可是想到这是和少主人说话，于是停住了。他站在少主人的一边，想了一些时候，把视线经过了鼻子之后，四面扫了一下，难以确定他是在看什么："'王老四'……不是多少年就'四先生'了吗？怎么又'王老四'呢？"

他走进厨房去，坐在长桌的一头，一面喝着烧酒，一面想着："这可不对……"他随手把青辣椒在酱碗里触了触："他妈的……"好像他骂着的时候顺便就把辣椒吃下去了。

多吃了几盅烧酒的缘故，他觉得碗橱也好像换了地方，米缸……水桶……甚至连房梁上终年挂着的那块腊肉也像变小了一些。他说："不好……少主人也怕变了心肠……今年一定有变。"于是又看了看手折：

"若把手折丢了，我看事情可就不好办！没有支过来的……那些前几年就没有支清的工钱就要……我看就要算不清。"这次他没有把手折塞进枕头去，就放在腰带上的荷包里了。

王四好像真的老了，院子里的细草，他不看见，下雨时，就在院心孩子们的车子他也不管了。夜里很早他就睡下，早晨又起得很晚。牵牛花的影子，被太阳一个一个地印在纸窗上。他想得很远，他想到了十多年在山上伐木头的时候……他就像又看到那白杨倒下来一样……哗哗的……也好像听到了锯齿的声音。他又想到在渔船上当水手的时候：那桅杆……那标杆上挂着的大鱼……真是银鱼一样。"他妈的……"他伸手去摸，只是手背在眼前划了一下，什么也没有摸到。他又接着想：十五岁离开家的那年……在半路上遇到了野狗的那回事……他摸一摸小腿："他妈的。这疤……"他确实地感觉到手下的疤了。

他常常检点着自己的东西，应该不要的，就把它丢掉……破毯子和一双破毡鞋他向换破东西的人换了几块糖球来分给孩子们吃了。

他在扫院子时候，遇到了棍棒之类，他就拿在手里试一试结实不结实……有时他竟把棍子扛在肩上试一试挑着行李可够长短。若遇到绳子之类，也总把它挂在腰带上。

他一看那厨房里的东西，总不像原来的位置，他就不愿意再看下去似的。所以闲下来他就坐在井台旁边去，一边结起那些拾得的绳头，就一边算计着手折上面的还存着的工钱的数目。

秋天的晚上，他听到天空一阵阵的乌鸦的叫声，他想："鸟也是飞来飞去的……人也总是要移动移动……"于是他的下巴抬得很高，视线经过了鼻子之后，看到墙角上去了，正好他的眼睛看到墙角上挂的一张香烟牌子的大画，他把它取了下来，压在行李下面。

王四的眼睛更红了，抬起来的下巴，比从前抬得更高了一些。后来他就总是想着：

"到渔船上去，还是到山上去，到山上去，怕是老伙伴还有呢！渔船，一时可怕找不到熟人，可不知道人家要不要……张帆……要快……'他站在席子上面，作着张帆的样子，全身痉挛一般地振摇着：

"还行吗？"他自己问着自己。

河上涨水的那天，王四好像又感觉自己是变成和主人家的人一样了。

他扛着主人家的包袱，扛着主人家的孩子，把他们送到高岗上去。

"老四先生……真是个力气人……"他恍恍惚惚地听着人

们说的就是他，后来他留一留意，那是真的……不只是"四先生"，还说"老四先生"呢！他想："这是多么被人尊敬啊！"于是他更快地跑着。直到那水涨得比腰还深的时候，他还是在水里面走着。一个下午他也没有停下来。主人们说：

"四先生，那些零碎东西不必着急去拿它，要拿，明天慢慢地拿……"

他说："那怎么行？一夜不是让人偷光了吗？"他又不停地、来回地跑着。

他的手折不知在什么时候离开了他的荷包沉到水底去了。

他发现了自己的空荷包，他就想："这算完了。"他就把头顶也淹在水里，那手折是红色的，可是他总也看不到那红色的东西。

他说："这算完了。"他站起来，向着高岗走过来。水湿的衣服，冰凉地粘住了皮肤，他抖擞着，他感到了异样的寒冷，他看不清那站在高岗上屋前的人们。只听到从那些人们传来的笑声：

"王四摸鱼回来啦！""王四摸鱼回来啦。"

一九三六年东京

牛车上

金花菜在三月的末梢就开遍了溪边。我们的车子在朝阳里轧着山下的红绿颜色的小草，走出了外祖父的村梢。

车夫是远族上的舅父，他打着鞭子，但那不是打在牛的背上，只是鞭梢在空中绕来绕去。

"想睡了吗？车刚走出村子呢！喝点梅子汤吧！等过了前面的那道溪水再睡。"外祖父家的女佣人，是到城里去看她的儿子的。

"什么溪水，刚才不是过的吗？"从外祖父家带回来的黄猫也好像要在我的膝头上睡觉了。

"后塘溪。"她说。

"什么后塘溪？"我并没有注意她，因为外祖父家留在我们的后面什么也看不见了，只有村梢上庙堂前的红旗杆还露着两个金顶。

"喝一碗梅子汤吧，提一提精神。"她已经端了一杯深黄色的梅子汤在手里，一边又去盖着瓶口。

"我不提，提什么精神，你自己提吧！"

他们都笑了起来，车夫立刻把鞭子抽响了一下。

"你这姑娘……玩皮，巧舌头……我……我……"他从车辕转过身来，伸手要抓我的头发。

我缩着肩头跑到车尾上去。村里的孩子没有不怕他的，说他当过兵，说他捏人的耳朵也很痛。

五云嫂下车去给我采了这样的花，又采了那样的花，旷野上的风吹得更强些，所以她的头巾好像是在飘着。因为乡村留给我尚没有忘却的记忆，我时时把她的头巾看成乌鸦或是鹊雀。她几乎是跳着，几乎和孩子一样。回到车上，她就唱着各种花朵的名字，我从来没看到过她像这样放肆一般地欢喜。

车夫也在前面哼着低粗的声音，但那分不清是什么词句。那短小的烟管顺着风时时送着烟氛，我们的路途刚一开始，希望和期待都还离得很远。

我终于睡了，不知是过了后塘溪，是什么地方，我醒过一次，模模糊糊地好像那管鸭的孩子仍和我打着招呼，也看到了坐在牛背上的小根和我告别的情景……也好像外祖父拉住我的手又在说："回家告诉你爷爷，秋凉的时候让他来乡下走走……你就说你姥爷腌的鹌鹑和顶好的高粱酒等着他来一块喝呢……你就说我动不了，若不然，这两年，我总也去……"

唤醒我的不是什么人，而是那空空响的车轮。我醒来，第一下看到的是那黄牛自己走在大道上，车夫并不坐在车辕。在我寻找的时候，他被我发现在车尾上，手上的鞭子被他的烟管代替着，左手不住地在擦着下颚，他的眼睛顺着地平线望着辽阔的远方。

我寻找黄猫的时候，黄猫坐到五云嫂的膝头上去了，并且她还抚摸猫的尾巴。我看看她的蓝布头巾已经盖过了眉头，鼻子上显明的皱纹因为挂了尘土，更显明起来。

他们并没有注意到我的醒转。

"到第三年他就不来信啦！你们这当兵的人……"

我就问她："你丈夫也是当兵的吗？"

赶车的舅舅，抓了我的辫发，把我向后拉了一下。

"那么以后……就总也没有信来？"他问她。

"你听我说呀！八月节刚过……可记不得哪一年啦，吃完了早饭，我就在门前喂猪，一边哐哐地敲着槽子，一边嘀唠嘀唠地叫着猪……哪里听得着呢？南村王家的二姑娘喊着：'五云嫂，五云嫂……'一边跑着一边喊，'我娘说，许是五云哥给你捎来的信！'真是，在我眼前的真是一封信，等我把信拿到手哇！看看……我不知为什么就止不住心酸起来……他还活着吗！他……眼泪就掉在那红签条上，我就用手去擦，一擦这红圈子就印到白的上面去。把猪食就丢在院心……进屋换了件干净衣裳。我就赶紧跑，跑到南村的学房见了学房的先生，我一面笑着，就一面流着眼泪……我说：'是外头人来的信，请先生看看……一年来的没来过一个字。'学房先生接到手里一看，就说不是我的。那信我就丢在学房里跑回来啦……猪也没有喂，鸡也没有上架，我就躺在炕上啦……好几天，我像失了魂似的。"

"从此就没有来信？"

"没有。"她打开了梅子汤的瓶口，喝了一碗，又喝一碗。

"你们这当兵的人，只说三年二载……可是回来……回来个什么呢！回来个魂灵给人看看吧……"

"什么？"车夫说，"莫不是阵亡在外吗……"

"是，就算吧！音信皆无过了一年多。"

"是阵亡？"车夫从车上跳下去，拿了鞭子，在空中抽了两下，似乎是什么爆裂的声音。

"还问什么……这当兵的人真是凶多吉少。"她折皱的嘴唇好像撕裂了的绸片似的，显着轻浮和单薄。

车子一过黄村，太阳就开始斜了下去，青青的麦田上飞着鹊雀。

"五云哥阵亡的时候，你哭吗？"我一面捉弄着黄猫的尾巴，一面看着她。但她没有睬我，自己在整理着头巾。

等车夫颠跳着来在了车尾，扶了车栏，他一跳就坐在了车辕，在他没有抽烟之前，他的厚嘴唇好像关紧了的瓶口似的严密。

五云嫂的说话，好像落着小雨似的，我又顺着车栏睡下了。

等我再醒来，车子停在一个小村头的井口边，牛在饮着水，五云嫂也许是哭过，她陷下的眼睛高起来了，并且眼角的皱纹也张开来。车夫从井口搅了一桶水提到车子旁边：

"不喝点吗？清凉清凉……"

"不喝。"她说。

"喝点吧，不喝就是用凉水洗洗脸也是好的。"他从腰带上取下手巾来，浸了浸水，"揩一揩！尘土迷了眼睛……"

当兵的人，怎么也会替人拿手巾？我感到了惊奇。我知道的当兵的人就会打仗，就会打女人，就会捏孩子们的耳朵。

"那年冬天，我去赶年市……我到城里去卖猪鬃，我在年市上喊着：'好硬的猪鬃来……好长的猪鬃来……'后一年，我好像把他爹忘下啦……心上也不牵挂……想想哪没有个好，这些年，人还会活着！到秋天，我也到田上去割高粱，看我这手，也吃过气力……春天就带着孩子去做长工，两个月三个月的就把家拆了。冬天又把家归拢起来。什么牛毛啦……猪毛啦……还有些收拾来的鸟雀的毛。冬天就在家里收拾，收拾干净啦呀……就选一个暖和的天气进城去卖。若有顺便进城去的车呢，把秃子也就带着……那一次没有带秃子。偏偏天气又不好，天天下清雪，年市上不怎么热闹；没有几捆猪鬃也总卖不完。一早就蹲在市上，一直蹲到太阳偏西。在十字街口，一家大买卖的墙头上贴着一张大纸，人们来来往往地在那里看，像是从一早那张纸就贴出来了！也许是晌午贴的……有的还一边看，一边念出来几句。我不懂得那一套……人们说是'告示，告示'，可是告的什么，我也不懂那一套……'告示'倒知道是官家的事情，与我们做小民的有什么长短！可不知为什么看的人就那么多……听说么，是捉逃兵的'告示'……又听说么……又听说么……几天就要送到县城来枪毙……"

"哪一年？民国十年枪毙逃兵二十多个的那回事吗？"车夫把卷起的衣袖在下意识里把它放下来，又用手扫着下颚。

"我不知道那叫什么年……反正枪毙不枪毙与我何干，反正我的猪鬃卖不完就不走运气……"她把手掌互相擦了一会，猛然，像是拍着蚊虫似的，凭空打了一下：

"有人念着逃兵的名字……我看着那穿黑马褂的人……我就说：'你再念一遍！'起先猪毛还拿在我的手上……我听到了姜五云姜五云的，好像那名字响了好几遍……我过了一些时候才想要呕吐……喉管里像有什么腥气的东西喷上来，我想咽下去……又咽不下去……眼睛冒着火苗……那些看'告示'的人往上挤着，我就退在了旁边，我再上前去看看，腿就不做主啦！看'告示'的人越多，我就退下来了！越退越远啦……"

她的前额和鼻头都流下汗来。

"跟了车，回到乡里，就快半夜了。一下车的时候，我才想起了猪毛……哪里还记得起猪毛……耳朵和两张木片似的啦……包头巾也许是掉在路上，也许是掉在城里……"

她把头巾掀起来，两个耳朵的下梢完全丢失了。

"看看，这是当兵的老婆……"

这回她把头巾束得更紧了一些，所以随着她的讲话那头巾的角部也起着小小的跳动。

"五云倒还活着，我就想看看他，也算夫妇一回……

"……二月里，我就背着秃子，今天进城，明天进城……'告示'听说又贴过了几回，我不去看那玩意儿，我到衙门去问，他们说：'这里不管这事。'让我到兵营里去……我从小就怕见官……乡下孩子，没有见过。那些带刀挂枪的，我一看到就发颤……去吧！反正他们也不是见人就杀……后来常常去问，也就不怕了。反正一家三口，已经有一口拿在他们的手心里……他们告诉我，逃兵还没有送过来。我说什么时候才送过来呢？他们说：'再过一个月吧！'……等我一回到乡下就听说逃兵已从什么县城，那是什么县城？到今天我也记不住那是什么县城……就是听说送过来啦，就是啦……都说若不快点去看，人可就没有了。我再背着秃子，再进城……去问问兵营的人说：'好心急，你还要问个百八十回。不知道，也许就不送过来的。'……有一天，我看着一个大官，坐着马车，叮咚叮咚地响着铃子，从营房走出来了……我把秃子放在地上，我就跑过去，正好马车是向着这边来的，我就跪下了，也不怕马蹄就踏在我的头上。

"'大老爷，我的丈夫……姜五……'我还没有说出来，就觉得肩膀上很沉重……那赶马车的把我往后面推倒了，好像跌了跤似的我爬在道边去。只看到那赶马车的也戴着兵帽子。

"我站起来，把秃子又背在背上……营房的前边，就是一条河，一个下半天都在河边上看着河水。有些钓鱼的，也有些洗衣裳的。远一点，在那河湾上，那水就深了，看着那浪头一排排地从跟前过去。不知道几百条浪头都坐着看过去了。我想把秃子放到河边上，我一跳就下去吧！留他一条小命，他一哭就会有人把他收了去。

"我拍着那小胸脯，我好像说：'秃儿，睡吧。'我还摸摸那圆圆的耳朵，那孩子的耳朵，真是，长得肥满，和他爹的一模一样，一看到那孩子的耳朵，就看到他爹了。"

她为了赞美而笑了笑。

"我又拍着那小胸脯，我又说：'睡吧！秃儿。'我想起了，我还有几吊钱，也放在孩子的胸脯里吧！正在伸……伸手去放……放的时节……孩子睁开眼睛了……又加上一只风船转过河湾来，船上的孩子喊妈的声音我一听到，我就从沙滩上面……把秃子抱……抱在……怀里了……"

她用包头巾像是紧了紧她的喉咙，随着她的手，眼泪就流了下来。

"还是……还是背着他回家吧！哪怕讨饭，也是有个亲娘……亲娘的好……"

那蓝色头巾的角部，也随着她的下颚颤抖了起来。

我们车子的前面正过着一堆羊群，放羊的孩子口里响着用柳条做成的叫子，野地在斜过去的太阳里边分不出什么是花，什么是草了！只是混混黄黄的一片。

车夫跟着车子走在旁边，把鞭梢在地上荡起着一条条的烟尘。

"……一直到五月，营房的人才说：'就要来的，就要来的。'

"……五月的末梢，一只大轮船就停在了营房门前的河沿上。不知怎么这样多的人！比七月十五看河灯的人还多……"

她的两只袖子在挓摇着。

"逃兵的家属，站在右边……我也站过去，走过一个带兵帽子的人，还每个人给挂了一张牌子……谁知道，我也不认识那字……

"要搭跳板的时候，就来了一群兵队，把我们这些挂牌子的……就圈了起来……'离开河沿远点，远点……'他们用枪把手把我们赶到离开那轮船有三四丈远……站在我旁边的，一个白胡子的老头，他一只手下提着一个包裹，我问他：'老伯，为啥还带来这东西？'……'哼！不！……我有一个儿子和一个侄子……一人一包……回阴曹地府，不穿洁净衣裳是不上高的……'

"跳板搭起来了……一看跳板搭起来就有哭的……我是不哭，我把脚跟立得稳稳当当的，眼睛往船上看着……可是，总不见出来……过了一会，一个兵官，挎着洋刀，手扶着栏杆说：'让家属们再往后退退……就要下船……'听着'吭唠'一声，那些兵队又用枪把手把我们向后赶了过去，一直赶上了道旁的豆田，我们就站在豆秧上，跳板又呼隆隆地搭起了一块……走下来了，一个兵官领头……那脚镣子，哗啦哗啦的……我还记得，第一个还是个小矮个……走下来五六个啦……没有一个像秃子他爹宽宽肩膀的，是真的，很难看……两条胳臂直伸伸的……我看了半天工夫才看出手上都是戴了铐子的。旁边的人越哭，我就格外更安静。我只把眼睛看着那跳板……我要问问他爹：'为啥当兵不好好当，要当逃兵……你看看，你的儿子，对得起吗？'

"二十来个，我不知道哪个是他爹，远看都是那么个样儿。一个青年的媳妇……还穿了件绿衣裳，发疯了似的，穿开了兵队抢过去了……当兵的哪肯叫她过去……就把她抓回来，她就在地上打滚，她喊：'当了兵还不到三个月呀……还不到……'两个兵队的人，就把她抬回来，那头发都披散开啦。又过了一袋烟的工夫，才把我们这些挂牌子的人带过去……越走越近了，越近也就越看不清楚哪个是秃子他爹……眼睛起了白蒙……又加上别人都呜呜晌晌的，哭得我多少也有点心慌……

"还有的嘴上抽着烟卷，还有的骂着……就是笑的也有。当兵的这种人……不怪说，当兵的不惜命……

"我看看，真是没有秃子他爹，哼！这可怪事……我一回身就把一个兵官的皮带抓住：'姜五云呢？''他是你的什么人？''是我的丈夫。'我把秃子可就放在地上啦……放在地上那不做美地就哭起来，我啪的一声，给秃子一个嘴巴……接着我就打了那兵官：'你们把人消灭到什么地方去啦？'

"'好的……好家伙……够朋友……'那些逃兵们就连起声来跺着脚喊。兵官看看这情形赶快叫当兵的把我拖开啦……他们说：'不只姜五云一个人，还有两个没有送过来，明后天，下一班船就送来……逃兵里他们三个是头目。'

"我背着孩子就离开了河沿，我就挂着牌子走下去了，我一路走，一路两条腿发颤。奔来看热闹的人满街满道啦……我走过了营房的背后，兵营的墙根下坐着那提着两个包裹的老头，他的包裹只剩了一个。我说：'老伯，你的儿子也没来吗？'我一问他，他就把背脊弓了起来，用手把胡子放在嘴唇上，咬着胡子就哭啦！

"他还说：'因为是头目，就当地正法了咧！'当时我还不知道这'正法'是什么……"

她再说下去，那是完全不相接连的话头。

"又过三年，秃子八岁的那年，把他送进了豆腐房……就是这样：一年我来看他两回。二年回家一趟……回来也就是十天半月的……"

车夫离开车子，在小毛道上走着，两只手放在背后，太阳从横面把他拖成一条长影，他每走一步，那影子就分成了一个叉形。

"我也有家小……"他的话从嘴唇上流了下来似的，好像他对着旷野说的一般。

"哟！"五云嫂把头巾放松了些。

"什么！"她鼻子上的折皱纠动了一些时候，"可是真的……兵不当啦也不回家……"

"哼！回家！就背着两条腿回家？"车夫把肥厚的手揩扭着自己的鼻子笑了。

"这几年，还没多少赚几个？"

"都是想赚几个呀！才当逃兵去啦！"他把腰带更束紧了一些。

我加了一件棉衣，五云嫂披了一张毯子。

"嗯！还有三里路……这若是套的马……嗯！一颠搭就到啦！牛就不行，这牲口性子没紧没慢，上阵打仗，牛就不行……"车夫从草包取出棉袄来，那棉袄顺着风飞着草末，他就穿上了。

黄昏的风，却是和二月里的一样。车夫在车尾上打开了外祖父给祖父带来的酒坛。

"喝吧！半路开酒坛，穷人好赌钱……喝上两杯……"他喝了几杯之后，把胸膛就完全露在外面。他一面啮嚼着肉干，一边嘴上起着泡沫。风从他的嘴边走过时，他唇上的泡沫也宏大了一些。

我们将奔到的那座城，在一种灰色的气候里，只能够辨别那不是旷野，也不是山岗，又不是海边，又不是树林……

车子越往前进，城座看来越退越远。脸孔上和手上，都有一种黏黏的感觉……再往前看，连道路也看不到尽头……

车夫收拾了酒坛，拾起了鞭子……这时候，牛角也模糊了去。

"你从出来就没回过家？家也不来信？"五云嫂的问话，车夫一定没有听到，他打着口哨，招呼着牛。后来他跳下车去，跟着牛在前面走着。

对面走过一辆空车，车辕上挂着红色的灯笼。

"大雾！"

"好大的雾！"车夫彼此招呼着。

"三月里大雾……不是兵灾，就是荒年……"

两个车子又过去了。

一九三六年

家族以外的人

我蹲在树上，渐渐有点害怕，太阳也落下去了；树叶的声响也唰唰的了；墙外街道上走着的行人也都和影子似的黑丛丛的；院里房屋的门窗变成黑洞了。并且野猫在我旁边的墙头上跑着叫着。

我从树上溜下来，虽然后门是开着的，但我不敢进去，我要看看母亲睡了还是没有睡。还没经过她的窗口，我就听到了席子的声音：

"小死鬼……你还敢回来！"

我折回去，就顺着厢房的墙根又溜走了。

在院心空场上的草丛里边站了一些时候，连自己也没有注意到我是折碎了一些草叶咬在嘴里。白天那些所熟识的虫子，也都停止了鸣叫，在夜里叫的是另外一些虫子，它们的声音沉静、清脆而悠长。那埋着我的高草，和我的头顶一平，它们平滑，它们在我的耳边唱着那么微细的小歌，使我不能相信倒是听到还是没有听到。

"去吧……去……跳跳攒攒的……谁喜欢你……"

有二伯回来了，那喊狗的声音一直继续到厢房的那面。

我听到有二伯那拍响着的失掉了后跟的鞋子的声音，又听到厢房门扇的响声。

"妈睡了没睡呢？"我推着草叶，走出了草丛。

有二伯住着的厢房，纸窗好像闪着火光似的明亮。我推开门，就站在门口。

"还没睡？"

我说："没睡。"

他在灶口烧着火，火叉的尖端插着玉米。

"你还没有吃饭？"我问他。

"吃什……么……饭？谁给留饭！"

我说："我也没吃呢！"

"不吃，怎么不吃？你是家里人哪……"他的脖子比平日喝过酒之后更红，并且那脉管和那正在烧着的小树枝差不多。

"去吧……睡睡……觉去吧！"好像不是对我说似的。

"我也没吃饭呢！"我看着已经开始发黄的玉米。

"不吃饭，干什么来的……"

"我妈打我……"

"打你！为什么打你？"

孩子的心上所感到的温暖是和大人不同的，我要哭了，我看着他嘴角上流下来的笑痕。只有他才是偏着我这方面的人，他比妈妈还好。立刻我后悔起来，我觉得我的手在他身旁抓起一些柴草来，抓得很紧，并且许多时候没有把手松开，我的眼睛不敢再看到他的脸上去，只看到他腰带的地方和那脚边的火堆。我想说：

　　"二伯……再下雨时我不说你'下雨冒泡，王八戴草帽'啦……"

　　"你妈打你……我看该打……"

　　"怎么……"我说，"你看……她不让我吃饭！"

　　"不让你吃饭……你这孩子也太好去啦……"

　　"你看，我在树上蹲着，她拿火叉子往下叉我……你看……把胳臂都给叉破皮啦……"我把手里的柴草放下，一只手卷着袖子给他看。

　　"叉破皮……为啥叉的呢……还有个缘由没有呢？"

　　"因为拿了馒头。"

　　"还说呢……有出息！我没见过七八岁的姑娘还偷东西……还从家里偷东西往外边送！"他把玉米从叉子上拔下来了。

　　火堆仍没有灭。他的胡子在玉米上，我看得很清楚是扫来扫去的。

　　"就拿三个……没多拿……"

"嗯！"把眼睛斜着看我一下，想要说什么，但又没有说。只是胡子在玉米上像小刷子似的来往着。

"我也没吃饭呢！"我咬着指甲。

"不吃……你愿意不吃……你是家里人！"好像抛给狗吃的东西一样，他把半段玉米打在我的脚上。

有一天，我看到母亲的头发在枕头上已经蓬乱起来，我知道她是睡熟了，我就从木格子下面提着鸡蛋筐子跑了。

那些邻居家的孩子就等在后院的空磨坊里边。我顺着墙根走了回来的时候，安全，毫没有意外，我轻轻地招呼他们一声，他们就从窗口把篮子提了进去，其中有一个比我们大一些的，叫他小哥哥的，他一看见鸡蛋就抬一抬肩膀，伸一下舌头。小哑巴姑娘，她还为了特殊的得意啊啊了两声。

"嗳！小点声……花姐她妈剥她的皮呀……"

把窗子关了，就在碾盘上开始烧起火来，树枝和干草的烟围蒸腾了起来；老鼠在碾盘底下跑来跑去；风车站在墙角的地方，那大轮子上边盖着蛛网，罗柜旁边余留下来的谷类的粉末，那上面挂着许多种类虫子的皮壳。

"咱们来分分吧……一人几个，自家烧自家的。"

火苗旺盛起来了，伙伴们的脸孔，完全照红了。

"烧吧！放上去吧……一人三个……"

"可是多一个给谁呢？"

"给哑巴吧！"

她接过去，啊啊的。

"小点声，别吵！别把到肚的东西吵靡啦。"

"多吃一个鸡蛋……下回别用手指画着骂人啦！啊！哑巴？"

蛋皮开始发黄的时候，我们为着这心上的满足，几乎要冒险叫喊了。

"哎呀！快要吃啦！"

"预备着吧，说熟就快的……"

"我的鸡蛋比你们的全大……像个大鸭蛋……"

"别叫……别叫。花姐她妈这半天一定睡醒啦……"

窗外有哽哽的声音，我们知道是大白狗在扒着墙皮的泥土。但同时似乎听到了母亲的声音。

母亲终于在叫我了！鸡蛋开始爆裂的时候，母亲的喊声也在尖利地刺着纸窗了。

等她停止了喊声，我才慢慢从窗子跳出去，我走得很慢，好像没有睡醒的样子，等我站到她面前的那一刻，无论如何再也压制不住那种心跳。

"妈！叫我干什么？"我一定惨白了脸。

"等一会……"她回身去找什么东西的样子。

我想她一定去拿什么东西来打我，我想要逃，但我又强制着忍耐了一刻。

"去把这孩子也带去玩……"把小妹妹放在我的怀中。

我几乎要抱不动她了，我流了汗。

"去吧！还站在这干什么……"其实磨坊的声音，一点也传不到母亲这里来，她到镜子前面去梳她的头发。

我绕了一个圈子，在磨坊的前面，那锁着的门边告诉了他们：

"没有事……不要紧……妈什么也不知道。"

我离开那门前，走了几步，就有一种异样的香味扑了来，并且飘满了院子。等我把小妹妹放在炕上，这种气味就满屋都是了。

"这是谁家炒鸡蛋，炒得这样香……"母亲很高的鼻子在镜子里使我有点害怕。

"不是炒鸡蛋……明明是烧的，哈！这蛋皮味，谁家……呆老婆烧鸡蛋……五里香。"

"许是吴大婶她们家？"我说这话的时候，隔着菜园子看到磨坊的窗口冒着烟。

等我跑回了磨坊，火完全灭了。我站在他们当中，他们几乎是摸着我的头发。

"我妈说谁家烧鸡蛋呢？谁家烧鸡蛋呢？我就告诉她，许是吴大婶她们家。哈！这是吴大婶？这是一群小鬼……"

我们就开朗地笑着。站在碾盘上往下跳着，甚至于多事起来，他们就在磨坊里捉耗子。因为我告诉他们，我妈抱着小妹妹出去串门去了。

"什么人啊！"我们知道是有二伯在敲着窗棂。

"要进来，你就爬上来！还招呼什么？"我们之中有人回答他。

起初，他什么也没有看到，他站在窗口，摆着手。后来他说：

"看吧！"他把鼻子用力抽了两下，"一定有点故事……哪来的这种气味？"

他开始爬到窗台上面来，他那短小健康的身子从窗台跳进来时，好像一张磨盘滚了下来似的，土地发着响。他围着磨盘走了两圈。他上唇的红色的小胡为着鼻子时时抽动的缘故，像是一条秋天里的毛虫在他的唇上不住地滚动。

"你们烧火吗？看这碾盘上的灰……花子……这又是你领头！我要不告诉你妈的……整天家领一群野孩子来做祸……"他要爬上窗口去了，可是他看到了那只筐子："这是什么人提出来的呢？这不是咱家装鸡蛋的吗？花子……你不定又偷了什么东西……你妈没看见！"

他提着筐子走的时候，我们还嘲笑着他的草帽："像个小瓦盆……像个小水桶……"

但夜里，我是挨打了。我伏在窗台上用舌尖舐着自己的眼泪。

"有二伯……有老虎……什么东西……坏老头子……"我一边哭着一边咒诅着他。

但过不多久，我又把他忘记了，我和许多孩子们一道去抽开了他的腰带，或是用杆子从后面掀掉了他的没有边沿的草帽。我们嘲笑他和嘲笑院心的大白狗一样。

秋末，我们寂寞了一个长久的时间。

那些空房子里充满了冷风和黑暗；长在空场上的高草，干败了而倒了下来；房后菜园上的各种秧棵完全挂满了白霜；老榆树在墙根边仍旧随风摇摆它那还没有落完的叶子；天空是发灰色的，云彩也失去了形状，有时带来了雨点，有时又带来了细雪。

我为着一种疲倦，也为着一点新的发现，我蹬着箱子和柜子，爬上了装旧东西的屋子的棚顶。

那上面，黑暗，有一种完全不可知的感觉，我摸到了一个小木箱，来捧着它，来到棚顶洞口的地方，借着洞口的光亮，看到木箱是锁着一个发光的小铁锁，我把它在耳边摇了摇，又用手掌拍一拍……那里面咚啷咚啷地响着。

我很失望，因为我打不开这箱子，我又把它送了回去。于是我又往更深和更黑的角落处去探爬。因为我不能站起来走，这黑洞洞的地方一点也不规则，走在上面时时有跌倒的可能。所以在爬着的当儿，手指所触到的东西，可以随时把它们摸一摸。当我摸到了一个小琉璃罐，我又回到了亮光的地方……我该多么高兴，那里面完全是黑枣，我一点也没有再迟疑，就抱着这宝物下来了，脚尖刚接触到那箱子的盖顶，我又和小蛇一样把自己落下去的身子缩了回来，我又在棚顶蹲了好些时候。

我看着有二伯打开了就是我上来的时候蹲着的那个箱子。我看着他开了很多时候，他用牙齿咬着他手里的那块小东西……他歪着头，咬得咯啦啦地发响，咬了之后又放在手里扭着它，而后又把它触到箱子上去试一试。最后一次那箱子上的铜锁发着弹响的时候，我才知道他扭着的是一断铁丝。他把帽子脱下来，把那块盘卷的小东西就压在帽顶里面。

他把箱子翻了好几次：红色的椅垫子，蓝色粗布的绣花围裙……女人的绣花鞋子……还有一团滚乱的花色的线，在箱子底上还躺着一只湛黄的铜酒壶。

后来他伸出那布满了筋络的两臂，震撼着那箱子。

我想他可不是把这箱子搬开！搬开我可怎么下去？

他抱起好几次，又放下好几次，我几乎要招呼住他。

等一会，他从身上解下腰带来了，他弯下腰去，把腰带横在地上，一张一张地把椅垫子堆起来，压到腰带上去，而后打着结，椅垫子被束起来了。他喘着呼喘，试着去提一提。

他怎么还不快点出去呢？我想到了哑巴，也想到了别人，好像他们就在我的眼前吃着这东西似的使我得意。

"啊哈……这些……这些都是油乌乌的黑枣……"

我要向他们说的话都已想好了。

同时这些枣在我的眼睛里闪光，并且很滑，又好像已经在我的喉咙里上下地跳着。

他并没有把箱子搬开，他是开始锁着它。他把铜酒壶立在箱子的盖上，而后他出去了。

我把身子用力去拖长，使两个脚掌完全牢牢实实地踏到了箱子，因为过于用力抱着那琉璃罐，胸脯感到了发痛。

有二伯又走来了，他先提起门旁的椅垫子，而后又来拿箱盖上的铜酒壶，等他把铜酒壶压在肚子上面，他才看到墙角站着的是我。

他立刻就笑了，我还从来没有看到过他笑得这样过分，把牙齿完全露在外面，嘴唇像是缺少了一个边。

"你不说么？"他的头顶站着无数很大的汗珠。

"说什么……"

"不说，好孩子……"他拍着我的头顶。

"那么，你让我把这个琉璃罐拿出去？"

"拿吧！"

他一点也没有看到我，我另外又在门旁的筐子里抓了五个馒头跑了。

等母亲说丢了东西的那天，我也站到她的旁边去。

我说："那我也不知道。"

"这可怪啦……明明是锁着……可哪儿来的钥匙呢？"母亲的尖尖的下颚是向着家里的别的人说的。后来那歪脖的年轻的厨夫也说：

"哼！这是谁呢？"

我又说："那我也不知道。"

可是我脑子上走着的，是有二伯怎样用腰带捆了那些椅垫子，怎样把铜酒壶压在肚子上，并且那酒壶就贴着肉的。并且有二伯好像在我的身体里边咬着那铁丝咯嘟嘟地响着似的。我的耳朵一阵阵地发烧，我把眼睛闭了一会。可是一睁开眼睛，我就向着那敞开的箱子又说：

"那我也不知道。"

后来我竟说出了："那我可没看见。"

等母亲找来一条铁丝，试着怎样可以做成钥匙，她扭了一些时候，那铁丝并没有扭弯。

"不对的……要用牙咬，就这样……一咬……再一扭……再一咬……"很危险，舌头若一滑转的时候，就要说了出来。我看见我的手已经在作着式子。

我开始把嘴唇咬得很紧，把手臂放在背后看着他们。

"这可怪啦……这东西，又不是小东西……怎么能从院子走得出？除非是晚上……可是晚上就是来贼也偷不出去的……"母亲很尖的下颚使我害怕，她说的时候，用手推了推旁边的那张窗子：

"是啊！这东西是从前门走的，你们看……这窗子一夏就没有打开过……你们看……这还是去年秋天糊的窗缝子。"

"别绊脚！过去……"她用手推着我。

她又把这屋子的四边都看了看。

"不信……这东西去路也没有几条……我也能摸到一点边……不信……看着吧……这也不行啦。春天丢了一个铜火锅……说是放忘了地方啦……说是慢慢找，又是……也许借出去啦！哪有那么一回事……早还了输赢账啦……当他家里人看待……还说不拿他当家里人看待，好哇……慢慢把房梁也拆走啦……"

"啊……啊！"那厨夫抓住了自己的围裙，擦着嘴角。那歪了的脖子和一根蜡签似的，好像就要折断下来。

母亲和别人完全走完了时，他还站在那个地方。

晚饭的桌上，厨夫问着有二伯：

"都说你不吃羊肉，那么羊肠你吃不吃呢？"

"羊肠也是不能吃。"他看着他自己的饭碗说。

"我说，有二爷，这炒辣椒里边，可就有一段羊肠，我可告诉你！"

"怎么早不说，这……这……这……"他把筷子放下来，他运动着又要红起来的脖颈，把头掉转过去，转得很慢，看起来就和用手去转动一只瓦盆那样迟滞。

"有二是个粗人，一辈子……什么都吃……就……是……不吃……这……羊……身上……的……不戴……羊……皮帽……子……不穿……羊……皮……衣裳……"他一个字一个字平板地说下去：

"下回……"他说，"杨安……你炒什么……不管菜汤里头……若有那羊身上的呀……先告诉我一声……有二不是那嘴馋的人！吃不吃不要紧……就是吃口咸菜……我也不吃那……羊……身……上……的……"

"可是有二爷，我问你一件事……你喝酒用什么酒壶喝呢？非用铜酒壶不可？"杨厨子的下巴举得很高。

"什么酒壶……还不一样……"他又放下了筷子，把旁边的锡酒壶格格地蹾了两下："这不是吗？……锡酒壶……喝的是酒……酒好……就不在壶上……哼！也不……年轻的时候，就总爱……这个……锡酒壶……把它擦得闪光湛亮……"

"我说有二爷……铜酒壶好不好呢？"

"怎么不好……一擦比什么都亮堂……"

"对了，还是铜酒壶好喔……哈……哈哈……"厨子笑了起来。他笑得在给我装饭的时候，几乎是抢掉了我的饭碗。

母亲把下唇拉长着，她的舌头往外边吹一点风，有几颗饭粒落在我的手上。

"哼！杨安……你笑我……不吃……羊肉，那真是吃不得。比方，我三个月就……没有了娘……羊奶把我长大的……若不是……还活了六十多岁……"

杨安拍着膝盖："你真算是个有良心的人，为人没做过昧良心的事？是不是？我说，有二爷……"

"你们年轻人，不信这话……这都不好……人要知道自家的来路……不好反回头去倒咬一口……人要知恩报恩……说书讲古上都说……比方羊……就是我的娘……不是……不是……我可活六十多岁？"他挺直了背脊，把那盘羊肠炒辣椒用筷子推开了一点。

吃完了饭，他退了出去，手里拿着那没有边沿的草帽。沿着砖路，他走下去了，那泥污的，好像两块朽木头似的……他的脚后跟随着那挂在脚尖上的鞋片在砖路上拖拖着而那头顶就完全像个小锅似的冒着气。

母亲跟那厨夫在起着高笑。

"铜酒壶……啊哈……还有椅垫子呢……问问他……他知道不知道？"杨厨夫，他的脖子上的那块疤痕，我看也大了一些。

我有点害怕母亲，她的完全露着骨节的手指，把一条很胖的鸡腿送到嘴上去，撕着，并且还露着牙齿。

又是一回母亲打我，我又跑到树上去，因为树枝完全没有了叶子，母亲向我飞来的小石子差不多每颗都像小钻子似的刺痛着我的全身。

"你再往上爬……再往上爬……拿杆子把你绞下来。"

母亲说着的时候，我觉得抱在胸前的那树干有些颤了，因为我已经爬到了顶梢，差不多就要爬到枝子上去了。

"你这小贴树皮，你这小妖精……我可真就算治不了你……"她就在树下徘徊着……许多工夫没有向我打着石子。

许多天，我没有上树，这感觉很新奇，我向四面望着，觉得只有我才比一切高了一点，街道上走着的人、车，附近的房子都在我的下面，就连后街上卖豆芽菜的那家的幌杆，我也和它一般高了。

"小死鬼……你滚下来不滚下来呀……"母亲说着"小死鬼"的时候，就好像叫着我的名字那般平常。

"啊！怎样的？"只要她没有牢牢实实地抓到我，我总不十分怕她。

她一没有留心，我就从树干跑到墙头上去："啊哈……看我站在什么地方？"

"好孩子啊……要站到老爷庙的旗杆上去啦……"回答着我的，不是母亲，是站在墙外的一个人。

"快下来……墙头不都是踏堆了吗？我去叫你妈来打你。"是有二伯。

"我下不来啦，你看，这不是吗？我妈在树根下等着我……"

"等你干什么？"他从墙下的板门走了进来。

"等着打我！"

"为啥打你？"

"尿了裤子。"

"还说呢……还有脸？七八岁的姑娘……尿裤子……滚下来，墙头踏坏啦！"他好像一只猪在叫唤着。

"把她抓下来……今天我让她认识认识我！"

母亲说着的时候，有二伯就开始卷着裤脚。

我想：这是做什么呢？

"好！小花子，你看着……这还无法无天啦呢……你可等着……"

等我看见他真的爬上了那最低级的树杈，我开始要流出眼泪来，喉管感到特别发胀：

"我要……我要说……我要说……"

母亲好像没有听懂我的话，可是有二伯没有再进一步，他就蹲在那很粗的树杈上：

"下来……好孩子……不碍事的，你妈打不着你，快下来，明天吃完早饭二伯领你上公园……省得在家里她们打你……"

他抱着我，从墙头上把我抱到树上，又从树上把我抱下来。

我一边抹着眼泪一边听着他说：

"好孩子……明天咱们上公园。"

第二天早晨，我就等在大门洞里边，可是等到他走过我的时候，他也并不向我说一声："走吧！"我从身后赶了上去，我拉住他的腰带：

"你不说今天领我上公园吗？"

"上什么公园……去玩去吧！去吧……"只看着前面的道路，他并不看着我。昨天说的话好像不是他。

后来我就挂在他的腰带上，他摇着身子，他好像摆着贴在他身上的虫子似的摆脱着我。

"那我要说，我说铜酒壶……"

他向四边看了看，好像是叹着气：

"走吧？绊脚星……"

一路上他也不看我，不管我怎样看中了那商店窗子里摆着的小橡皮人，我也不能多看一会，因为一转眼……他就走远了。等走在公园门外的板桥上，我就跑在他的前面。

"到了！到了啊……"我张开了两只胳臂，几乎自己要飞起来那么轻快。

没有叶子的树，公园里面的凉亭，都在我的前面招呼着我。一走进公园去，那跑马戏的锣鼓的声音，就震着我的耳朵，几乎把耳朵震聋了的样子，我有点不辨方向了。我拉着有二伯烟荷包上的小圆葫芦向前走。经过白色布棚的时候，我听到里面喊着：

"怕不怕？"

"不怕。"

"敢不敢？"

"敢哪……"

不知道有二伯要走到什么地方去？

棚棚戏，西洋景……耍猴的……耍熊瞎子的……唱木偶戏的。这一些我们都走过来了，再往那边去，就什么也看不见了。并且地上的落叶也厚了起来，树叶子完全盖着我们在走着的路径。

"二伯！我们不看跑马戏的？"

我把烟荷包上的小圆葫芦放开，我和他距离开一点，我看着他的脸色：

"那里头有老虎……老虎我看过。我还没有看过大象。人家说这伙马戏班子是有三匹象：一匹大的两匹小的，大的……大的……人家说，那鼻子，就只一根鼻子比咱家烧火的叉子还长……"

他的脸色完全没有变动。我从他的左边跑到他的右边。又从右边跑到左边：

"是不是呢？有二伯，你说是不是……你也没看见过？"

因为我是倒退着走，被一条露在地面上的树根绊倒了。

"好好走！"他也并没有拉我。

我自己起来了。

公园的末角上，有一座茶亭，我想他到这个地方来，他是渴了！但他没有走进茶亭去，在茶亭后边，有和房子差不多，是席子搭起来的小房。

他把我领进去了，那里边黑洞洞的，最里边站着一个人，比画着，还打着什么竹板。有二伯一进门，就靠边坐在长板凳上，我就站在他的膝盖前，我的腿站得麻木了的时候，我也不能懂得那人是在干什么？他还和姑娘似的带着一条辫子，他把腿伸开了一只，像打拳的样子，又缩了回来，又把一只手往外推着……就这样走了一圈，接着又"叭"打了一下竹板。唱戏不像唱戏，耍猴不像耍猴，好像卖膏药的，可是我也看不见有人买膏药。

后来我就不向前边看，而向四面看，一个小孩也没有。前面的板凳一空下来，有二伯就带着我升到前面去，我也坐下来，但我坐不住，我总想看那大象。

"二伯，咱们看大象去吧，不看这个。"

他说："别闹，别闹，好好听……"

"听什么，那是什么？"

"他说的是关公斩蔡阳……"

"什么关公哇？"

"关老爷，你没去过关老爷庙吗？"

我想起来了，关老爷庙里，关老爷骑着红色的马。

"对吧！关老爷骑着红色……"

"你听着……"他把我的话截断了。

我听了一会还是不懂，于是我转过身来，面向后坐着，还有一个瞎子，他的每一个眼球上盖着一个白泡。还有一个一条腿的人，手里还拿着木杖。坐在我旁边的人，那人的手包了起来，用一条布带挂到脖子上去。

等我听到"叭叭叭"的响了一阵竹板之后，有二伯还流了几颗眼泪。

我是一定要看大象的，回来的时候再经过白布棚我就站着不动了。

“要看，吃完晌饭再来看……”有二伯离开我慢慢地走着，“回去，回去吃完晌饭再来看。”

“不吗！饭我不吃，我不饿，看了再回去。”我拉住他的烟荷包。

“人家不让进，要买‘票’的，你没看见……那不是把门的人吗？”

“那咱们不好也买‘票’！”

“哪来的钱……买‘票’两个人要好几十吊钱。”

“我看见啦，你有钱，刚才在那棚子里你不是还给那个人钱来吗？”我贴到他的身上去。

“那才给几个铜钱！多啦没有，你二伯多啦没有。”

“我不信，我看有一大堆！”我跷着脚尖！掀开了他的衣襟，把手探进他的衣兜里去。

“是吧！多啦没有吧！你二伯多啦没有，没有进财的道……也就是个月七成的看个小牌，赢两吊……可是输的时候也不少。哼哼。”他看着拿在我手里的五六个铜圆。

“信了吧！孩子，你二伯多啦没有……不能有……”一边走下了木桥，他一边说着。

那马戏班子的喊声还是那么热烈地在我们的背后反复着。

有二伯在木桥下郑围着一群孩子，抽签子的地方也替我抛上两个铜圆去。

　　我一伸手就在铁丝上拉下一张纸条来，纸条在水碗里面立刻变出一个通红的"五"字。

　　"是个几？"

　　"那不明明是个五吗？"我用肘部击撞着他。

　　"我哪认得呀！你二伯一个字也不识，一天书也没念过。"

　　回来的路上，我就不断地吃着这五个糖球。

　　第二次，我看到有二伯偷东西，好像是第二年的夏天，因为那马蛇菜的花，开得过于鲜红，院心空场上的高草，长得比我的年龄还快，它超过我了，那草场上的蜂子、蜻蜓，还更来了一些不知名的小虫，也来了一些特殊的草种，它们还会开着花，淡紫色的，一串一串的，站在草场中，它们还特别的高，所以那花穗和小旗子一样动荡在草场上。

　　吃完了午饭，我是什么也不做，专等着小朋友们来，可是他们一个也不来。于是我就跑到粮食房子去，因为母亲在清早端了一个方盘走进去过。我想那方盘中……哼……一定是有点什么东西。

　　母亲把方盘藏得很巧妙，也不把它放在米柜上，也不放在粮食仓子上，她把它用绳子吊在房梁上了。我正在看着那奇怪的方盘的时候，我听到板仓里好像有耗子，也或者墙里面有耗子……总之，我是听到了一点响动……过了一会竟有了喘气的声音，我想不会是黄鼠狼子？我有点害怕，就故意用手拍着板仓，拍了两下，听听就什么也没有了……可是很快又有什么东西在喘气……咝咝的……好像肺管里面起着泡沫。

这次我有点暴躁：

"去！什么东西……"

有二伯的胸部和他红色的脖子从板仓伸出来一段……当时，我疑心我也许是在看着木偶戏！但那顶窗透进来的太阳证明给我，被那金红色液体的东西染着的正是有二伯尖长的突出的鼻子……他的胸膛在白色的单衫下面不能够再压制得住，好像小波浪似的在雨点里面任意地跳着。

他一点声音也没有作，只是站着，站着……他完全和一只受惊的公羊那般愚傻！

我和小朋友们，捉着甲虫，捕着蜻蜓，我们做这种事情，永不会厌倦。野草，野花，野的虫子，它们完全经营在我们的手里，从早晨到黄昏。

假若是个晴好的夜，我就单独留在草丛里边，那里有闪光的甲虫，有虫子低微的吟鸣，有高草摇着的夜影。

有时我竟压倒了高草，躺在上面，我爱那天空，我爱那星子……听人说过的海洋，我想也就和这天空差不多了。

晚饭的时候，我抱着一些装满了虫子的盒子，从草丛回来，经过粮食房子的旁边，使我惊奇的是有二伯还站在那里，破了的窗洞口露着他发青的嘴角和灰白的眼圈。

"院子里没有人吗？"好像是生病的人喑哑的喉咙。

"有！我妈在台阶上抽烟。"

"去吧！"

他完全没有笑容，他苍白，那头发好像墙头上跑着的野猫的毛皮。

饭桌上，有二伯的位置，那木凳上蹲着一匹小花狗。它戏耍着的时候，那卷尾巴和那铜铃完全引人可爱。

母亲投了一块肉给它。歪脖的厨子从汤锅里取出一块很大的骨头来……花狗跳到地上去，追了那骨头发了狂，那铜铃暴躁起来……

小妹妹笑得用筷子打着碗边，厨夫拉起围裙来擦着眼睛，母亲却把汤碗倒翻在桌子上了。

"快拿……快拿抹布来，快……流下来啦……"她用手按着嘴，可是总有些饭粒喷出来。

厨夫收拾桌子的时候，就点起煤油灯来，我面向着菜园坐在门槛上，从门道流出来的黄色的灯光当中，砌着我圆圆的头部和肩膀，我时时举动着手，揩着额头的汗水，每揩了一下，那影子也学着我揩了一下。透过我单衫的晚风，像是青蓝色的河水似的清凉……后街，粮米店的胡琴的声音也响了起来，幽远的回音，东边也在叫着，西边也在叫着……日里黄色的花变成白色的了，红色的花变成黑色的了。

火一样红的马蛇菜的花也变成黑色的了。同时，那盘结着墙根的野马蛇菜的小花，就完全看不见了。

有二伯也许就踏着那些小花走去的，因为他太接近了墙根，我看着他……看着他……他走出了菜园的板门。

他一点也不知道，我从后面跟了上去。因为我觉得奇怪，他偷这东西做什么呢？也不好吃，也不好玩。

我追到了板门，他已经过了桥，奔向着东边的高冈。高冈上的去路，宽宏而明亮。两边排着的门楼在月亮下面，我把它们当成庙堂一般想象。

有二伯的背上那圆圆的小袋子我还看得见的时候，远处，在他的前方，就起着狗叫了。

第三次我看见他偷东西，也许是第四次……但这也就是最后的一次。

他捎了大澡盆从菜园的边上横穿了过去，一些龙头花被他撞掉下来。这次好像他一点也不害怕，那白洋铁的澡盆哐啷哐啷地埋没着他的头部在呻叫。

并且好像大块的白银似的，那闪光照耀得我很害怕，我靠到墙根上去，我几乎是发呆地站着。

我想：母亲抓到了他，是不是会打他呢？同时我又起了一种佩服他的心情："我将来也敢和他这样偷东西吗？"

但我又想：我是不偷这东西的，偷这东西干什么呢？这样大，放到哪里母亲也会捉到的。

但有二伯却顶着它，像是故事里银色的大蛇似的走去了。

以后，我就没有看到他再偷过。但我又看到了别样的事情，那更危险，而且又常常发生，比方我在高草中正捏住了蜻蜓的尾巴……鼓冬……板墙上有一块大石头似的抛了过来，蜻蜓无疑地是飞了。比方夜里，我就不敢再沿着那道板墙去捉蟋蟀，因为不知什么时候有二伯会从墙顶落下来。

丢了澡盆之后，母亲把三道门都下了锁。

所以小朋友们之中，我的蟋蟀捉得最少。因此我就怨恨有二伯：

"你总是跳墙、跳墙……人家蟋蟀都不能捉了！"

"不跳墙……说得好，有谁给开门呢？"他的脖子挺得很直。

"杨厨子开吧……"

"杨……厨子……哼……你们是家里人……支使得动他……你二伯……"

"你不会喊！叫他……叫他听不着，你就不会打门……"我的两只手，向两边摆着。

"哼……打门……"他的眼睛用力往低处看去。

"打门再听不着，你不会用脚踢……"

"踢……锁上啦……踢他干什么！"

"那你就非跳墙不可，是不是？跳也不轻轻跳，跳得那样吓人？"

"怎么轻轻的？"

"像我跳墙的时候，谁也听不着，落下来的时候，是蹲着……两只膀子张开……"我平地就跳了一下给他看。

"小的时候是行啊……老了，不行啦！骨头都硬啦！你二伯比你大六十岁，哪儿还比得了？"

他嘴角上流下来一点点的笑来。右手拿抓着烟荷包，左手摸着站在旁边的大白狗的耳朵……狗的舌头舔着他。

可是我总也不相信，怎么骨头还会硬与不硬？骨头不就是骨头吗？猪骨头我也咬不动，羊骨头我也咬不动，怎么我的骨头就和有二伯的骨头不一样？

所以，以后我拾到了骨头，就常常彼此把它们磕一磕。遇到同伴比我大几岁的，或是小一岁的，我都要和他们试试，怎样试呢？撞一撞拳头的骨节，倒是软多少硬多少？但总也觉不出来。若用力些就撞得很痛。第一次来撞的是哑巴——管事的女儿。起先她不肯，我就告诉她：

"你比我小一岁，来试试，人小骨头是软的，看看你软不软？"

当时，她的骨节就红了，我想：她的一定比我软。可是，看看自己的也红了。

有一次，有二伯从板墙上掉下来，他摔破了鼻子。

"哼！没加小心……一只腿下来……一只腿挂在墙上……哼！闹个大头朝下……"

他好像在嘲笑着他自己，并不用衣襟或是什么揩去那血，看起来，在流血的似乎不是他自己的鼻子，他挺着很直的背脊走向厢房去，血条一面走着一面更多地画着他的前襟。已经染了血的手是垂着，而不去按住鼻子。

厨夫歪着脖子站在院心，他说：

"有二爷，你这血真新鲜……我看你多摔两个也不要紧……"

"哼！小伙子，谁也从年轻过过！就不用挖苦……慢慢就有啦……"他的嘴还在血条里面笑着。

过一会，有二伯裸着胸脯和肩头，站在厢房门口，鼻子孔塞着两块小东西，他喊着：

"老杨……杨安……有单褂子借给穿穿……明天这件干啦！就把你的脱下来……我那件掉啦膀子。夹的送去做，还没倒出工夫去拿……"他手里抖着那件洗过的衣裳。

"你说什么？"杨安几乎是喊着，"你送去做的夹衣裳还没倒出工夫去拿？有二爷真是忙人！衣服做都做好啦……拿一趟就没有工夫去拿……有二爷真是二爷，将来要用个跟班的啦……"

我爬着梯子，上了厢房的房顶，听着街上是有打架的，上去看一看。房顶上的风很大，我打着颤子下来了。有二伯还赤着臂膀站在檐下。那件湿的衣裳在绳子上拍拍地被风吹着。

点灯的时候，我进屋去加了件衣裳，很例外我看到有二伯单独地坐在饭桌的屋子里喝酒，并且更奇怪的是杨厨子给他盛着汤。

"我自各盛吧！你去歇歇吧……"有二伯和杨安争夺着汤盆里的勺子。

我走去看看，酒壶旁边的小碟子里还有两片肉。

有二伯穿着杨安的小黑马褂，腰带几乎是束到胸脯上去。他从来不穿这样小的衣裳，我看他不像个有二伯，像谁呢？也说不出来。他嘴在嚼着东西，鼻子上的小塞还会动着。

本来只有父亲晚上回来的时候，才单独地坐在洋灯下吃饭。在有二伯，就很新奇，所以我站着看了一会。

杨安像个弯腰的瘦甲虫，他跑到客室的门口去……

"快看看……"他歪着脖子，"都说他不吃羊肉……不吃羊肉……肚子太小，怕是胀破了……三大碗羊汤喝完啦……完啦……哈哈哈……"他小声地笑着，做着手势，放下了门帘。

又一次，完全不是羊肉汤……而是牛肉汤……可是当有二伯拿起了勺子，杨安就说：

"羊肉汤……"

他就把勺子放下了，用筷子夹着盘子里的炒茄子，杨安又告诉他：

"羊肝炒茄子。"

他把筷子去洗了洗，他自己到碗橱去拿出了一碟酱咸菜，他还没有拿到桌子上，杨安又说：

"羊……"他说不下去了。

"羊什么呢……"有二伯看着他：

"羊……羊……唔……是咸菜呀……嗯！咸菜里边说干净也不干净……"

"怎么不干净？"

"用切羊肉的刀切的咸菜。"

"我说杨安，你可不能这样……"有二伯离着桌子很远，就把碟子摔了上去，桌面过于光滑，小碟在上面呱呱地跑着，撞在另一个盘子上才停住。

"你杨安……可不用欺生……姓姜的家里没有你……你和我也是一样，是个外棵秧！年轻人好好学……怪模怪样的……将来还要有个后成……"

"呃呀呀！后成！就算绝后一辈子吧……不吃羊肠……麻花铺子炸面鱼，假腥气……不吃羊肠，可吃羊肉……别装扮着啦……"杨安的脖子因为生气直了一点。

"兔羔子……你他妈……阳气什么？"有二伯站起来向前走去。

"有二爷，不要动那样大的气……气大伤身不养家……我说，咱爷俩都是跑腿子……说个笑话……开个心……"厨子嗷嗷地笑着，"哪里有羊肠呢……说着玩……你看你就不得了啦……"

好像站在公园里的石人似的，有二伯站在地心。

"……别的我不生气……闹笑话，也不怕闹……可是我就忌讳这羊……这不是好闹笑话的……前年我不知道，吃过一回……后来知道啦，病啦半个多月……后来这脖上生了一块疮算是好啦……吃一回羊肉倒不算什么……就是心里头放不下，就好像背了自己的良心……背良心的事不做……做了那后悔是受不住的。有二不吃羊肉也就是为的这个……"喝了一口冷水之后，他还是抽烟。

别人一个一个地开始离开了桌子……

从此有二伯的鼻子常常塞着小塞，后来又说腰痛，后来又说腿痛。他走过院心，不像从前那么挺直，有时身子向一边歪着，有时用手拉住自己的腰带……大白狗跟着他前后地跳着的时候，他躲闪着它：

"去吧……去吧！"他把手梢缩在袖子里面，用袖口向后扫摆着。

但，他开始诅骂更小的东西，比方一块砖头打在他的脚上，他就坐下来，用亖按住那砖头，好像他疑心那砖头会自己走到他脚上来的一样。若当鸟雀们飞着时，有什么脏污的东西落在他的袖子或是什么地方，他就一面抖掉它，一面对着那已经飞过去的小东西讲着话：

"这东西……啊哈！会找地方，往袖子上掉……你也是个瞎眼睛，掉，就往那个穿绸穿缎的身上掉！往我这掉也是白……穷跑腿子……"

他擦净了袖子，又向他头顶上那块天空看了一会，才重新走路。

板墙下的蟋蟀没有了，有二伯也好像不再跳板墙了。早晨厨子挑水的时候，他就跟着水桶通过板门去，而后向着井沿走，就坐在井沿旁的空着的碾盘上。差不多每天我拿了钥匙放小朋友们进来时，他总是在碾盘上招呼着：

"花子……等一等你二伯……"我看他像鸭子在走路似的。"你二伯真是不行了……眼看着……眼看着孩子们往这面来，可是你二伯就追不上……"

他一进了板门，又坐在门边的木樽上。他的一只脚穿着袜子，另一只的脚趾捆了一段麻绳，他把麻绳抖开，在小布片下面，那肿胀的脚趾上还腐了一小块。好像茄子似的脚趾，他又把它包扎起来。

"今年的运气十分不好……小毛病紧着添……"他取下来咬在嘴上的麻绳。

以后当我放小朋友进来的时候，不是有二伯招呼着我，而是我招呼着他。因为关了门，他再走到门口，给他开门的人也还是我。

在碾盘上不但坐着，他后来就常常睡觉，他睡得就像完

119
家族以外的人

全没有了感觉似的，有一个花鸭子伸着脖颈啄着他的脚心，可是他没有醒，他还是把脚伸在原来的地方。碾盘在太阳下闪着光，他像是睡在圆镜子上边。

我们这些孩子们抛着石子和飞着沙土，我们从板门冲出来，跑到井沿上去，因为井沿上有更多的石子，我把我的衣袋装满了它们，我就蹲在碾盘后和他们作战，石子在碾盘上"叭""叭"，好像还冒着一道烟。

有二伯，闭着眼睛，忽然抓了他的烟袋。

"王八蛋，干什么……还敢来……还敢上……"

他打着他的左边和右边，等我们都集拢来看他的时候，他才坐起来。

"……妈的……做了一个梦……那条道上的狗真多……连小狗崽也上来啦……让我几烟袋锅子就全数打了回去……"他揉一揉手骨节，嘴角上流下笑来，"妈的……真是那么个滋味……做梦狗咬啦呢……醒啦还有点疼……"

明明是我们打来的石子，他说是小狗崽，我们都为这事吃惊而得意。跑开了，好像散开的鸡群，吵叫着，展着翅膀。

他打着呵欠："呵……呵呵……"在我们背后像小驴子似的叫着。

我们回头看他，他和要吞食什么一样，向着太阳张着嘴。

那下着毛毛雨的早晨，有二伯就坐到碾盘上去了。杨安担着水桶从板门来来往往地走了好几回……杨安锁着板门的时候，他就说：

"有二爷子这几天可真变样……那神气，我看几天就得进庙啦……"

我从板缝往西边看看，看不清是有二伯，好像小草堆似的，在雨里边浇着。

"有二伯……吃饭啦！"我试着喊了一声。

回答我的，只是我自己的回响，"呜呜"地在我的背后传来。

"有二伯，吃饭啦！"这次把嘴唇对准了板缝。

可是回答我的又是"呜呜"。

下雨的天气永远和夜晚一样，到处好像空瓶子似的，随时被吹着，随时发着响。

"不用理他……"母亲在开窗子，"他是找死……你爸爸这几天就想收拾他呢……"

我知道这"收拾"是什么意思：打孩子们叫"打"，打大人就叫"收拾"。

我看到一次，因为看纸牌的事情，有二伯被管事的"收拾"了一回。可是父亲，我还没有看见过，母亲向杨厨子说：

"这几年来，他爸爸不屑理他……总也没在他身上动过手……可是他的骄毛越长越长……贱骨头，非得收拾不可……若不然……他就不自在。"

母亲越说"收拾"我就越有点害怕，在什么地方"收拾"

呢？在院心，管事的那回可不是在院心，是在厢房的炕上。那么这回也要在厢房里！是不是要拿着烧火的叉子？那回管事的可是拿着。我又想起来小哑巴，小哑巴让他们踏了一脚，手指差一点没有踏断。到现在那小手指还不是弯着吗？

有二伯一面敲着门一面说着：

"大白……大白……你是没心肝的……你早晚……"等大白狗从板墙跳出去，他又说："去……去……"

"开门！没有人吗？"

我要跑去的时候，母亲按住了我的头顶："不用你显勤快！让他站一会吧，不是吃他饭长的……"

那声音越来越大了，真是好像用脚踢着。

"没有人吗？"每个字的声音完全喊得一平。

"人倒是有，倒不是侍候你的……你这份老爷子不中用……"母亲的说话，不知有二伯听到没有听到？

但那板门暴乱起来：

"死绝了吗？人都死绝啦……"

"你可不用假装疯魔……有二，你骂谁呀……对不住你吗？"母亲在厨房里叫着，"你的后半辈吃谁的饭来的……你想想，睡不着觉思量思量……有骨头，别吃人家的饭？讨饭吃，还嫌酸……"

并没有回答的声音，板墙隆隆地响着，等我们看到他，他已经是站在墙这边了。

"我……我说……四妹子……你二哥说的是杨安，家里人……我是不说的……你二哥，没能耐不是假的，可是吃这碗饭，你可也不用委屈……"我奇怪要打架的时候，他还笑着，"有四兄弟在……算账咱们和四兄弟算……"

"四兄弟……四兄弟屑得跟你算……"母亲向后推着我。

"不屑得跟你二哥算……哼！哪天咱们就算算看……哪天四兄弟不上学堂……咱们就算算看……"他哼哼的，好像水洗过的小瓦盆似的没有边沿的草帽切着他的前额。

他走过的院心上，一个一个地留下了泥窝。

"这死鬼……也不死……脚烂啦！还一样会跳墙……"母亲像是故意让他听到。

"我说四妹子……你们说的是你二哥……哼哼……你们能说出口来？我死……人不好那样，谁都是爹娘养的，吃饭长的……"他拉开了厢房的门扇，就和拉着一片石头似的那样用力，但他并不走进去，"你二哥，在你家住了三十多年……哪一点对不住你们；拍拍良心……一根草棍也没给你们糟蹋过……唉……四妹子……这年头……没处说去……没处说去……人心看不见……"

我拿着满手的柿子，在院心滑着跳着跑到厢房去，有二伯在烤着一个温暖的火堆，他坐得那么刚直，和门旁那只空着的大坛子一样。

"滚……鬼头鬼脑的……干什么事？你们家里头尽是些耗

子。"我站在门口还没有进去，他就这样地骂着我。

我想：可真是，不怪杨厨子说，有二伯真有点变了。他骂人也骂得那么奇怪，尽是些我不懂的话，"耗子"，"耗子"与我有什么关系！说它干什么？

我还是站在门边，他又说：

"王八羔子……兔羔子……穷命……狗命……不是人……在人里头缺点什么……"他说的是一套一套的，我一点也记不住。

我也学着他，把鞋脱下来，两个鞋底相对起来，坐在下面。

"你这孩子……人家什么样，你也什么样！看着葫芦就画瓢……那好的……新新的鞋子就坐……"他的眼睛就像坛子上没有烧好的小坑似的向着我。

"那你怎么坐呢！"我把手伸到火上去。

"你二伯坐……你看看你二伯这鞋……坐不坐都是一样，不能要啦！穿啦它二年整。"把鞋从身下抽出来，向着火看了许多工夫。他忽然又生起气来……

"你们……这都是天堂的呀……你二伯像你那大……靡穿过鞋……哪来的鞋呢？放猪去，拿着个小鞭子就走……一天跟着太阳出去……又跟着太阳回来……带着两个饭团就算是晌饭……你看看你们……馒头干粮，满院子滚！我若一扫院子就准能捡着几个……你二伯小时候连馒头边都……都摸不着哇！如今……连大白狗都不去吃啦……"

他的这些话若不去打断他，他就会永久说下去：从幼小说到长大，再说到锅台上的瓦盆……再从瓦盆回到他幼年吃过的那个饭团上去。我知道他又是这一套，很使我起反感，我讨厌他，我就把红柿子放在火上去烧着，看一看烧熟是个什么样？

"去去……哪有你这样的孩子呢？人家烘点火暖暖……你也必得弄灭它……去，上一边去烧去……"他看着火堆喊着。

我穿上鞋就跑了，房门是开着，所以那骂的声音很大：

"鬼头鬼脑的，干些什么事？你们家里……尽是些耗子……"

有二伯和后园里的老茄子一样，是灰白了，然而老茄子一天比一天静默下去，好像完全任凭了命运。可是有二伯从东墙骂到西墙，从扫地的扫帚骂到水桶……而后他骂着他自己的草帽……

"……王八蛋……这是什么东西……去你的吧……没有人心！夏不遮凉冬不抗寒……"

后来他还是把草帽戴上，跟着杨厨子的水桶走到井沿上去，他并不坐到石碾上，跟着水桶又回来了。

"王八蛋……你还算个牲口……你黑心粒……"他看看墙根的猪说。

他一转身又看到了一群鸭子：

"哪天都杀了你们……一天到晚呱呱的……他妈的若是个人，也是个闲人。都杀了你们……别享福……吃得溜溜胖……溜溜肥……"

后园里的葵花籽，完全成熟了，那过重的头柄几乎折断了它自己的身子。玉米有的只带了叶子站在那里，有的还挂着稀少的玉米棒。黄瓜老在架上了，赫黄色的，麻裂了皮，有的束上了红色的带子，母亲规定了它们：来年作为种子。葵花籽也是一样，在它们的颈间也有的是挂了红布条。只有已经发了灰白的老茄子还都自由地吊在枝棵上，因为它们的内面，完全是黑色的籽粒，孩子们既然不吃它，厨子也总不采它。

只有红柿子，红得更快，一个跟着一个，一堆跟着一堆。好像捣衣裳的声音，从四面八方传来了一样。

有二伯在一个清凉的早晨，和那捣衣裳的声音一道倒在院心了。

我们这些孩子们围绕着他，邻人们也围绕着他。但当他爬起来的时候，邻人们又都向他让开了路。

他跑过去，又倒下来了。父亲好像什么也没做，只在有二伯的头上拍了一下。

照这样做了好几次，有二伯只是和一条卷虫似的滚着。

父亲却和一部机器似的那么灵巧。他读书看报时的眼镜也还戴着，他叉着腿，有二伯来了的时候，我看见他的白绸衫的襟角很和谐地抖了一下。

"有二……你这小子混蛋……一天到晚，你骂什么……有吃有喝，你还要挣命……你个祖宗的！"

有二伯什么声音也没有。倒了的时候，他想法子爬起来，爬起来，他就向前走着，走到父亲的地方，他又倒了下来。

等他再倒了下来的时候，邻人们也不去围绕着他。母亲始终是站在台阶上。杨安在柴堆旁边，胸前立着竹帚……邻家的老祖母在板门外被风吹着她头上的蓝色的花。还有管事的……还有小哑巴……还有我不认识的人，他们都靠到墙根上去。

到后来有二伯枕着他自己的血，不再起来了，脚趾上扎着的那块麻绳脱落在旁边，烟荷包上的小圆葫芦，只留了一些片沫在他的左近。鸡叫着，但是跑得那么远……只有鸭子来啄食那地上的血液。

我看到一个绿头顶的鸭子和一个花脖子的。

冬天一来了的时候，那榆树的叶子，连一棵也不能够存在，因为是一棵孤树，所有从四面来的风，都摇得到它。所以每夜听着火炉盖上茶壶喳喳的声音的时候，我就从后窗看着那棵大树，白的，穿起了鹅毛似的……连那顶小的枝子也胖了一些。太阳来了的时候，榆树也会闪光，和闪光的房顶、闪光的地面一样。

起初，我们是玩着堆雪人，后来就厌倦了，改为拖狗爬犁了，大白狗的脖子上每天束着绳子，杨安给我们做起来的爬犁。起初，大白狗完全不走正路，它往狗窝里面跑，往厨房里面跑。我们打着它，终于使它习惯下来，但也常常兜着圈子，把我们全数扣在雪地上。它每这样做了一次，我们就一天不许它吃东西，嘴上给它挂了笼头。

但这它又受不惯，总是闹着，叫着……用腿抓着雪地，所以我们把它束到马桩子上。

不知为什么？有二伯把它解了下来，他的手又颤颤得那么厉害。

而后他把狗牵到厢房里去，好像牵着一匹小马一样……

过了一会出来了，白狗的背上压着不少东西：草帽顶、铜水壶、豆油灯碗、方枕头、团蒲扇……小圆筐……好像一辆搬家的小车。

有二伯则挟着他的棉被。

"二伯！你要回家吗？"

他总常说"走走"。我想"走"就是回家的意思。

"你二伯……嗯……"那被子流下来的棉花一块一块的沾污了雪地，黑灰似的在雪地上滚着。

还没走到板门，白狗就停下了，并且打着，他有些牵不住它了。

"你不走吗？你……大白……"

我取来钥匙给他开了门。

在井沿的地方，狗背上的东西，就全都弄翻了。在石碾上摆着小圆筐和铜水壶这一切。

"有二伯……你回家吗？"若是不回家为什么带着这些东西呢！

"嗯……你二伯……"

白狗跑得很远的了。

"这儿不是你二伯的家，你二伯别处也没有家。"

"来……"他招呼着大白狗，"不让你背东西……就来吧……"

他好像要去抱那狗似的张开了两臂。

"我要等到开春……就不行……"他拿起了铜水壶和别的一切。

我想他是一定要走了。

我看着远处白雪里边的大门。

但他转回身去，又向着板门走了回来，他走动的时候，好像肩上担着水桶的人一样，东边摇着，西边摇着。

"二伯，你是忘下了什么东西？"

但回答着我的，只有水壶盖上的铜环……咯铃铃咯铃铃……

他是去牵大白狗吧？对这件事我很感到趣味，所以我抛弃了小朋友们，跟在有二伯的背后。

走到厢房门口，他就进去了，戴着笼头的白狗，他像没有看见它。

他是忘下了什么东西？

但他什么也不去拿，坐在炕沿上，那所有的全套的零碎完全照样在背上和胸上压着他。

他开始说话的时候，连自己也不能知道我是已经向着他的旁边走去。

"花子！你关上门……来……"他按着从身上退下来的东西，"你来看看！"

我看到的是些什么呢？

掀起席子来，他抓了一把：

"就是这个……"而后他把谷粒抛到地上，"这不明明是往外撵我吗……腰疼……腿疼没有人看见……这炕暖倒记住啦！说是没有米吃，这谷子又潮湿……垫在这炕下炀几天……十几天啦……一寸多厚……烧点火还能热上来……哎！……想是等到开春……这衣裳不抗风……"

他拿起扫帚来，扫着窗棂上的霜雪，又扫着墙壁：

"这是些什么？吃糖可就不用花钱？"

随后他烧起火来，柴草就着在灶口外边，他的胡子上小白冰溜变成了水，而我的眼睛流着泪……那烟遮没了他和我。

他说他七岁上被狼咬了一口，八岁上被驴子踢掉一个脚趾……我问他：

"老虎，真的，山上的，你看见过吗？"

他说："那倒没有。"

我又问他：

"大象你看见过吗？"

而他就不说到这上面来。他说他放牛放了几年，放猪放了几年……

"你二伯三个月没有娘……六个月没有爹……在叔叔家里住到整整七岁，就像你这么大……"

"像我这么大怎么的呢？"他不说到狼和虎我就不愿意听。

"像你那么大就给人家放猪去啦吧……"

"狼咬你就是像我那么大咬的？咬完啦，你还敢再上山不敢啦……"

"不敢，哼……在自家里是孩子……在别人就当大人看……不敢……不敢……回家去……你二伯也是怕呀……为此哭过一些……好打也挨过一些……"

我再问他："狼就咬过一回？"

他就不说狼，而说一些别的：又是那年他给人家当过喂马的……又是我爷爷怎么把他领到家里来的……又是什么五月里樱桃开花啦……又是"你二伯前些年也想给你娶个二大娘……"

我知道他又是从前那一套，我冲开了门站在院心去了。

被烟所伤痛的眼睛什么也不能看了，只是流着泪……

但有二伯摊在火堆旁边，幽幽地起着哭声……

我走向上房去了，太阳晒着我，还有别的白色的闪光，它们都来包围了我；或是在前面迎接着，或是从后面迫赶着。我站在台阶上，向四面看看，那么多纯白而闪光的房顶！那么多闪光的树枝！它们好像白石雕成的珊瑚树似的站在一些房子中间。

有二伯的哭声更高了的时候，我就对着这眼前的一切更爱：它们多么接近，比方雪地是踏在我的脚下，那些房顶和树枝就是我的邻家，太阳虽然远一点，然而也来照在我的头上。

春天，我进了附近的小学校。

有二伯从此也就不见了。

一九三六年九月四日东京

亚　丽

一

已经黄昏了，我从外面回来，身子感觉得一些疲倦。

很匆匆地走进自己的房里，脱掉外衣，伸了个懒腰，即刻就躺在床上去了。

同屋的那女人尖唳的咆哮是那么有力量地窜入脑袋，很快地，没有头绪的烦闷在混乱地动摇了。"这男人是只怕再找不出的老实……"脑袋中浮起了一个懦怯的中年人的影子——蓬着的头，黄瘦的脑袋，两手放在裤子口袋里来回地拖着颓唐的脚步，沉默着，犹如他的喉咙给软木塞塞住了似的。

"没用的东西，原来你们的性根就是如此的，哼……"这泼辣的教训，谁不相信是父亲责骂着他的儿子，这女人的生疏的中国话的声音是那么做着的勉强，听着时正如听齿子磨着齿子地令人难过。

独自埋身在寂寞里，思想无涯岸地展开着。

忽然亚丽的影子闪入眼中，我惊奇地跳了起去。

亚丽——老实的中年人的女儿，一个极静美的可爱的姑娘，两块醉人的红色的面颊，常常是带着不可捉摸的神秘的感伤，低着头，美丽的眼睛常常呆呆凝视着地上的灰尘。

亚丽站在我的面前犹如古庙的神女的塑像，她的脸上挂上泪珠，这美感悲哀折毁我忐忑的心灵破破碎碎。

"什么事，亚丽．不是……"我战颤地问她。

她的手冰冷，她的脸渐变为苍白。

她呆痴的如给魔鬼抓着了喉咙，然而，很机警地望望门外，她想走可又站住了，像在思索……

"我们明天搬家……"声音如钢锯的颤动。

这消息毁坏了我的脑袋，我木鸡似的呆住。

那泼悍的声音呼唤着亚丽，她犹豫地不安地站着，突然的，如猛醒过来惊慌地跑出去了。

二

亚丽他们搬出去了整整的有一个星期。

星期六的傍晚，亚丽来拜访我了，那力量给予了我生活的安慰，并不是一种普通的诱惑。

阳光忧郁地懒懒地射进窗子，清凉的微风殷殷地带来了黄昏的悲哀的暮气。

亚丽默默地低着头，几天来她的脸毕竟给予苍白毁灭了。然而，这愈增加了她的美丽——动人心地的感伤。虽然，我与她仅只同屋二月，平时极少交谈，也许正因此我们心里的感触是那老练的透明。

我爱亚丽的天赋的感伤，我爱她温柔的沉默；我们静静地默坐，犹如我们在欣赏几首悲哀的豪雄的大力的生活之赞美诗，我们中间永不会给予寂寞来进攻。

一只鸟在窗前掠过去，风飘着一片落叶。

夜幕慢慢伸展开来。

"飞鸟的生涯是美丽的，落叶又为什么给风飘着呢？"亚丽望着窗外缓缓地说，这是感伤的季节哟！

"我们为什么不是飞鸟呢？……"我感动地说着。

"精神在灵魂内会掘发出世界窄隘、简陋、寥寂、悲感，精神内才会埋伏着愤怒与力量；人生……"她的声音如同祈祷，如同背诵着美丽的诗句。

"亚丽！……"我疑惑着那泼辣的异国女人会生出亚丽，我失声地叫了出来，接着很犹豫地问：

"你的故乡是什么地方呢？……"

亚丽失常地凝视着我，她没有回答，慢慢地她掉下泪来，她面上的伤感简直将我撕成碎片。

"亚丽！……你太伤感了！你要知道眼泪与悲哀毫无裨益，于生活是一种可恶的障碍……"

黑暗薄薄地笼罩了大地，夜已拖着轻快的步武。

亚丽走啦！我第一次握着她的手，心如同受伤的小兔在喘息与惊恐。

三

因为住在这房子里有种种不方便，我终究是搬了家。

虽然我已经找人暗暗地将我的新住址通知了亚丽，然而她已有一月未曾到我这里来！

每天的黄昏，我痛苦地等待着；焦灼，烦闷，恐惧，怀念，照例地来将我残酷地袭击；我费了极大的力量来抑制一切；这样，我的脑袋里才慢慢地淡了下来。

然而，一个美丽的影子在某时仍旧有大的魔力。

一个星期日的中午，我正在甜蜜地午睡，突然给肥胖的房东叫醒——她有极小的脚，走起路来好像一只母鸭。

我擦着松惺的眼跑出去接见来访客人。这给予我了可怕的惊异——天知道！美丽的亚丽瘦得几乎使我都不认识了，她的面色苍白得如一张白纸，眼睛红红的肿了起来，黑色的头发在秋风里非常零乱，态度颓唐，而悲哀正如一只在战场受了重伤的骏马！我几乎感动得流下泪来。

"你怎样呀，亚丽！"

"这没有什么的，请你不要担心。同时这与我毫无关系，因为我的心始终如一……"

她咳嗽了几声，泪水很明显地在眼眶内打转。

"我极纯洁地爱着你，然而我更爱着我地前途的光明，我为了要追求生活的力量，为了精神的美丽与安宁，为了所有的我的可怜的人们，我得张开我的翅膀，我得牺牲我的私见，请你不要怀疑，我以灵魂保护着你，爱护着你，我要去了！……请你将那信接着。"她的声音悲痛地战栗着，然而她的灵魂表现得很安定，精神犹如战场的勇士，热血在她细微的血管中将膨胀得破裂而流出……

亚丽果敢地去了，我木鸡似的立在门口好半天。

一页信纸里几十个有力的字使得我流泪了，我坚硬的黑发……

信上是："好朋友，请不要惊奇，我的故乡是可怜的朝鲜，我的慈母如今仍旧住在那里；我的父亲是最激烈的×××，他被强迫与这凶狠的女人结了婚，又被逐在中国。现在他已由这毒恶的妇人宣布了秘密被捉而不知生死，然而他的灵魂是高超的。我费尽了力气逃出了黑暗的地狱，无论如何我的血要在我自己的国土上去洒泼……"

桥

夏天和秋天，桥下的积水和水沟一般平了。

"黄良子，黄良子……孩子哭啦！"

也许是夜晚，也许是早晨，桥头上喊着这样的声音。久了！住在桥头的人家都听惯了，听熟了。

"黄良子，孩子要吃奶啦！黄良子……黄良……子。"

尤其是在雨夜或刮风的早晨，静穆里的这声音受着桥下的水的共鸣或者借助于风声，也送进远处的人家去。

"黄……良子。黄……良……子……"听来和歌声一般了。

月亮完全沉没下去，只有天西最后的一颗星还在挂着。从桥东的空场上黄良子走了出来。

黄良是她男人的名字，从她做了乳娘那天起，不知是谁把"黄良"的末尾加上个"子"字，就算她的名字。

"啊？这么早就饿了吗？昨晚上吃得那么晚！"

开始的几天，她是要跑到桥边去，她向着桥西来唤她的人颤一颤那古旧的桥栏，她的声音也就仿佛在桥下的水上打着回旋：

"这么早吗！……啊？"

现在她完全不再那样做。"黄良子"，这字眼好像号码一般，只要一触到她，她就紧跟着这字眼去了。

在初醒的朦胧中，她的呼吸还不能够平稳，她走着，她差不多是跑着，顺着水沟向北面跑去。停在桥西第一个大门楼下面，用手盘卷着松落下来的头发。

"怎么！门还关着？……怎么！"

"开门呀！开门呀！"她弯下腰去，几乎是把脸伏在地面。从门槛下面的缝际看进去，大白狗还睡在那里。

因为头部过度下垂，院子里的房屋似乎旋转了一阵，门和窗子也都旋转着；向天的方向旋转着："开门呀！开门来——"

"怎么！鬼喊了，我来吗？不，……有人喊的，我听得清清楚楚吗……一定，那一定……"

但是，她只得回来，桥西和桥东一个人也没有遇到。她感到潮湿的背脊凉下去。

"这不就是百八十步……多说二百步……可是必得绕出去一里多！"

起初她试验过，要想扶着桥栏爬过去。但是，那桥完全没有底了，只剩两条栏杆还没有被偷儿拔走。假若连栏杆也不见了，那她会安心些，她会相信那水沟是天然的水沟，她会相信人没有办法把水沟消灭。

　　……不是吗？搭上两块木头就能走人的……就差两块木头……这桥，这桥，就隔一道桥……

　　她在桥边站了一会儿，想了一会儿：

　　"往南去，往北去呢？都一样，往北吧！"

　　她家的草屋正对着这桥，她看见门上的纸片被风吹动。在她理想中，好像一伸手她就能摸到那小土丘上面去似的。

　　当她顺着沟沿往北走时，她滑过那小土丘去，远了，到半里路远的地方——水沟的尽头——再折回来。

　　"谁还在喊我？哪一方面喊我？"

　　她的头发又散落下来，她一面走着一面挽卷着。

　　"黄良子，黄良子……"她仍然好像听到有人在喊她。

　　"黄……瓜茄……子……黄……瓜茄……子……"菜担子迎着黄良子走来了。

　　"黄瓜茄子，黄……瓜茄子……"

　　黄良子笑了！她向着那个卖菜的人笑了。

　　主人家的墙头上的狗尾草肥壮起来了，桥东黄良子的孩子哭声也大起来了！那孩子的哭声会飞到桥西来。

走——走——推着宝宝上桥头，

桥头捉住个大蝴蝶，

妈妈坐下来歇一歇，

走——走——推着宝宝上桥头。

黄良子再不像夏天那样在榆树下扶着小车打瞌睡，虽然阳光仍是暖暖的，虽然这秋天的天空比夏天更好。

小主人睡在小车里面，轮子呱啦呱啦地响着，那白嫩的圆面孔，眉毛上面齐着和霜一样白的帽边，满身穿着洁净的可爱的衣裳。

黄良子感到不安了，她的心开始像铃铛似的摇了起来：

"喜欢哭吗？不要哭啦……爹爹抱着跳一跳，跑一跑……"

爹爹抱着，隔着桥站着的，自己那个孩子，黄瘦，眼圈发一点蓝，脖子略微长一些，看起来很像一条枯了的树枝。但是黄良子总觉得比车里的孩子更可爱一点，哪里可爱呢？他的笑也和哭差不多。他哭的时候也从不滚着发亮的肥大的泪珠，并且他对着隔着桥的妈妈一点也不亲热，他看着她也并不拍一下手。托在爹爹手上的脚连跳也不跳。

但她总觉得比车里的孩子更可爱些，哪里可爱呢？她自己不知道。

"走——走，推着宝宝上桥头，走——走，推着宝宝上桥头。"

她对小主人说的话，已经缺少了一句：

"桥头捉住个大蝴蝶，妈妈坐下歇一歇。"

在这句子里边感不到什么灵魂的契合，不必要了。

"走——走——上桥头，上桥头……"

她的歌词渐渐地干枯了，她没有注意到这样的几个字孩子喜欢听不喜欢听。同时在车轮呱啦呱啦地离开桥头时，她同样唱着：

"上桥头，上桥头……"

后来连小主人躺在床上睡觉的时候，她还是哼着："上桥头，上桥头……"

"啊？你给他擦一擦呀……那鼻涕流过嘴啦……怎么！看不见吗？唉唉……"

黄良子，她简直忘记了她是站在桥这边，她有些暴躁了。当她的手隔着桥伸出去的时候，那差不多要使她流眼泪了！她的脸为着急完全是涨红的。

"爹，爹是不行的呀……到底不中用！可是这桥，这桥……若不有这桥隔着……"借着桥下的水的反应，黄良子响出来的声音很空洞，并且横在桥下面的影子有些震撼，"你抱他过来呀！就这么看着他哭！绕一点路，男人的腿算什么？

我……我是推着车的呀！"

桥下面的水上浮着三个人影和一辆小车。但分不出站在桥东和站在桥西的。

从这一天起，"桥"好像把黄良子的生命缩短了。但她又感到太阳挂在空中整天也没有落下去似的……究竟日长了，短了？她也不知道，天气寒了，暖了？她也不能够识别。虽然她也换上了夹衣，对于衣裳的增加似乎别人增加起来，她也就增加起来。

沿街扫着落叶的时候，她仍推着那辆呱啦呱啦的小车。

主人家墙头上的狗尾草，一些水分也没有了，全枯了，只有很少数的还站在风里面摇着；桥东孩子的哭声一点也没有瘦弱，随着风声送到桥头的人家去，特别是送进黄良子的耳里，那声音扩大起来，显微镜下面苍蝇翅膀似的……

她把馒头、饼干，有时就连那包着馅、发着油香不知名的点心，也从桥西抛到桥东去。

"只隔一道桥，若不……这不是随时可以吃得到东西吗？这小穷鬼，你的命上该有一道桥啊！"

每次她抛的东西若落下水的时候，她就向着桥东的孩子说：

"小穷鬼，你的命上该有一道桥啊！"

向桥东抛着这些东西，主人一次也没有看到过。可是当水面上闪着一条线的时候，她总是害怕的，好像她的心上已经照着一面镜子了。

"这明明是啊……这是偷的东西……老天爷也知道的。"

因为在水面上反映着蓝天，反映着白云，并且这蓝天和她很接近，就在她抛着东西的手底下。

有一天，她得到无数东西，月饼，梨子，还有早饭剩下的饺子。这都不是公开的，这都是主人不看见她才包起来的。

她推着车，站在桥头了，那东西放在车厢里孩子摆着玩物的地方。

"他爹爹……他爹爹……黄良，黄良！"

但是什么人也没有，土丘的后面闹着两只野狗。门关着，好像是正在睡觉。

她决心到桥东去，推着车子跑得快时，车里面孩子的头都颠起来，她最怕车轮响。

"到哪里去啦？推着车子跑……这是干么推着车子跑……跑什么？……跑什么？往哪里跑？"

就像女主人在她的后面喊起来：

"站住，站住——"她自己把她自己吓得出了汗，心脏快要跑到喉咙边来。

孩子被颠得要哭，她就说：

"老虎！老虎！"

她亲手把睡在炕上的孩子唤醒起来，她亲眼看着孩子去动手吃东西。

不知道怎样的愉快从她的心上开始着，当那孩子把梨子举起来的时候，当那孩子一粒一粒把葡萄触破了两三粒的时候。

"呀！这是吃的呀，你这小败家子！暴珍天物……还不懂得是吃的吗？妈，让妈给你放进嘴里去，张嘴，张嘴。嘿……酸哩！看这小样。酸的眼睛像一条缝了……吃这月饼吧！快到一岁的孩子什么都能吃的……吃吧……这都是第一次吃呢……"

她笑着。她总觉得这好哭的连笑也笑不完整的孩子比坐在车里边的孩子更可爱些。

她走回桥西去的时候，心平静极了；顺着水沟向北去，生在水沟旁的紫小菊，被她看到了，她兴致很好，想要伸手去折下来插到头上去。

"小宝宝！哎呀，好不好？"花穗在她的一只手里面摇着，她喊着小宝宝，那是完全从内心喊出来的，只有这样喊着，在她临时的幸福上才能够闪光。心上一点什么隔线也脱掉了，第一次，她感到小主人和自己的孩子一样可爱了！她在他的脸上扭了一下，车轮在那不平坦的道上呱啦呱啦地响……

她偶然看到孩子坐着的车是在水沟里颠乱着，于是她才想到她是来到桥东了。不安起来，车子在水沟里的倒影跑得快了，闪过去了。

"百八十步……可是偏偏要绕一里多路……眼看着桥就过不去……"

"黄良子，黄良子！把孩子推到哪里去啦！"就像女主人已经喊她了，"你偷了什么东西回家的？我说黄良子！"

她自己的名字在她的心上跳着。

她的手没有把握的使着小车在水沟旁乱跑起来，跑得太与水沟接近的时候，要撞进水沟去似的。车轮子两只高了，两只低了，孩子要从里面被颠出来了。

还没有跑到水沟的尽端，车轮脱落了一只，脱落的车轮，像用力抛着一般旋进水沟里去了。

黄良子停下来看一看，桥头的栏杆还模糊的可以看见。

"这桥！不都是这桥吗？"

她觉到她应该哭了！但那肺叶在她的胸内颤了两下她又停止住。

"这还算是站在桥东啊！应该快到桥西去。"

她推起三个轮子的车来，从水沟的东面，绕到水沟的西面。

"这可怎么说？就说在水旁走走，轮子就掉了；就说抓蝴蝶吧？这时候没有蝴蝶了。就说抓蜻蜓吧……瞎说吧！反正车子站在桥西，可没到桥东去……"

"黄良……黄良……"一切忘掉了，在她好像一切都不怕了。

"黄良，黄良……"她推着三个轮子的小车顺着水沟走到桥边去招呼。

当她的手拿到那车轮的时候，黄良子的泥污已经沾满到腰的部分。

推着三个轮子的车走进主人家的大门去，她的头发是挂下来的，在她苍白的脸上划着条痕。

"这不就是这轮子吗？掉了……是掉了的，滚下水沟去的……"

她依着大门扇，哭了！

桥头上没有底的桥栏杆，在东边好像看着她哭！

第二年的夏天，桥头仍响着"黄良子，黄良子"的喊声。尤其是在天还未明的时候，简直和鸡啼一样。

第三年，桥头上"黄良子"的喊声没有了，像是同那颤抖的桥栏一同消灭下去。黄良子已经住到主人家里。

在三月里，新桥就开始建造起来。夏天，那桥上已经走着车马和行人。

黄良子一看到那红漆的桥栏，比所有她看到过的在夏天里开着的红花更新鲜。

"跑跑吧！你这孩子！"她每次看到她的孩子从桥东跑过来的时候，无论隔着多远，不管听见听不见，不管她的声音怎样小，她却总要说的：

"跑跑吧！这样宽大的桥啊！"

爹爹抱着他，也许牵着他，每天过桥好几次。桥上面平坦和发着哄声，若在上面跺一下脚，桥会咚咚地响起来。

主人家，墙头上的狗尾草又是肥壮的，墙根下面有的地方也长着同样的狗尾草，墙根下也长着别样的草：野罂粟和洋雀草，还有不知名的草。

黄良子拔着洋雀草做起哨子来，给瘦孩子一个，给胖孩子一个。他们两个都到墙根的地方去拔草，拔得过量的多，她的膝盖上尽是些草了。于是他们也拔着野罂粟。

"吱吱，吱吱！"在院子的榆树下闹着、笑着和响着哨子。

桥头上孩子的哭声，不复出现了。在妈妈的膝头前，变成了欢笑和歌声。

黄良子，两个孩子都觉得可爱，她的两个膝头前一边站着一个，有时候，他们两个装着哭，就一边膝头上伏着一个。

黄良子把"桥"渐渐地遗忘了，虽然她有时走在桥上，但她不记起还是一座桥，和走在大道上一般平常，一点也没有两样。

有一天，黄良子发现她的孩子的手上画着两条血痕。

"去吧！去跟爹爹回家睡一觉再来……"有时候，她也亲手把他牵过桥去。

以后，那孩子在她膝盖前就不怎样活泼了，并且常常哭，并且脸上也发现着伤痕。

"不许这样打的呀！这是干什么……干什么？"在墙外，或是在道口，总之，在没有人的地方，黄良子才把小主人的木枪夺下来。

小主人立刻倒在地上，哭和骂，有时候立刻就去打着黄良子，用玩物，或者用街上的泥块。

"妈！我也要那个……"

小主人吃着肉包子的样子，一只手上抓着一个，有油流出来了，小手上面发着光。并且那肉包子的香味，不管站得怎样远也像绕着小良子的鼻管似的：

"妈……我也要……要……"

"你要什么？小良子！不该要呀……羞不羞？馋嘴巴！没有脸皮了？"

当小主人吃着水果的时候，那是歪着头，很圆的黑眼睛，慢慢地转着。

小良子看到别人吃，他拾了一片树叶舐一舐，或者把树枝放在舌头上，用舌头卷着，用舌尖吮着。

小主人吃杏的时候，很快地把杏核吐在地上，又另吃第二个。他围裙的口袋里边，装着满满的黄色的大杏。

"好孩子！给小良子一个……有多好呢……"黄良子伸手去摸他的口袋，那孩子摆脱开，跑到很远的地方把两个杏子抛到地上。

"吞吧！小良子，小鬼头……"黄良子的眼睛弯曲地看到小良子的身上。

小良子吃杏，把杏核使嘴和牙齿相撞着，撞得发响，并且他很久很久地吮着这杏核。后来他在地上拾起那胖孩子吐出来的杏核。

有一天，黄良子看到她的孩子把手插进一个泥洼子里摸着。

妈妈第一次打他，那孩子倒下来，把两只手都插进泥坑去时，他喊着：

"妈！杏核呀……摸到的杏核丢了……"

黄良子常常送她的孩子过桥：

"黄良！黄良……把孩子叫回去……黄良！不再叫他跑过桥来……"

也许是黄昏，也许是晌午，桥头上黄良的名字开始送进人家去。两年前人们听惯了的"黄良子"这歌好像又复活了。

"黄良，黄良，把这小死鬼绑起来吧！他又跑过桥来啦……"

小良子把小主人的嘴唇打破的那天早晨，桥头上闹着黄良的全家。

黄良子喊着，小良子跑着叫着：

"爹爹呀……爹爹呀……呵……呵……"

到晚间，终于小良子的嘴也流着血了，在他原有的，小主人给他打破的伤痕上，又流着血了。这次却是妈妈给打破的。

小主人给打破的伤口，是妈妈给揩干的；给妈妈打破的伤口，爹爹也不去揩干它。

黄良子带着东西，从桥西走回来了。

她家好像生了病一样，静下去了，哑了，几乎门扇整日都没有开动，屋顶上也好像不曾冒烟。

这寂寞也波及桥头，桥头附近的人家，在这个六月里失去了他们的音乐。

"黄良，黄良，小良子……"这声音再也听不到了。

桥下面的水，静静地流着。

桥上和桥下再没有黄良子的影子和声音了。

黄良子重新被主人唤回去上工的时候，那是秋末，也许是初冬，总之，道路上的雨水已经开始结集着闪光的冰花。但水沟还没有结冰，桥上的栏杆还是照样的红。她停在桥头，横在面前的水沟，伸到南面去的没有延展，伸到北面去的也不见得缩短。桥西，人家的房顶，照旧发着灰色。门楼，院墙。墙头的萎黄狗尾草也和去年秋末一样的在风里摇动。

只有桥，她忽然感到高了！使她踏不上去似的。一种软弱和怕惧贯穿着她。

"还是没有这桥吧！若没有这桥，小良子不就是跑不到桥西来了吗？算是没有挡他腿的啦！这桥，不都这桥吗？"

她怀念起旧桥来，同时，她用怨恨过旧桥的情感再建设起旧桥来。

小良子一次也没有踏过桥西去，爹爹在桥头上张开两只胳膊。笑着，哭着，小良子在桥边一直被阻挡下来，他流着过量的鼻涕的时候，爹爹把他抱了起来，用手掌给暖一暖他冻得很凉的耳朵的轮边。于是桥东的空场上有个很长的人影在踱着。

也许是黄昏了，也许是孩子终于睡在他的肩上，这时候，这曲背的长的影子不见了。桥东空场上完全空旷下来。

可是空场上的土丘透出了一片灯火，土丘里面有时候也起着燃料的爆炸。

小良子吃晚饭的碗举到嘴边去，同时，桥头上的夜色流来了！深色的天，好像广大的帘子从桥头挂到小良子的门前。

第二天，小良子又是照样向桥头奔跑。

"找妈去……吃……馒头……她有馒头……妈有呵……妈有糖……"一面奔跑着，一面叫着……头顶上留着的一堆毛发，逆着风，吹得竖起来了。他看到爹爹的大手就跟在他的后面。

桥头上喊着"妈"和哭声……

这哭声借着风声，借着桥下水的共鸣，也送进远处的人家去。

等这桥头安息下来的时候，那是从一年中落着最末的一次雨的那天起。

小良子从此丢失了。

冬天，桥西和桥东都飘着雪，红色的栏杆被雪花遮断了。

桥上面走着行人和车马，到桥东去的，到桥西去的。

那天，黄良子听到她的孩子掉下水沟去，她赶忙奔到了水沟边去。看到那被捞在沟沿上的孩子连呼吸也没有的时候，她站起来，她从那些围观的人们的头上面望到桥的方向去。

那颤抖的桥栏，那红色的桥栏，在模糊中她似乎看到了两道桥栏。

于是肺叶在她胸的内面颤动和放大。这次，她真的哭了。

一九三六年

两朋友

金珠才十三岁，穿一双水红色的袜子，在院心和华子拍皮球。华子是个没有亲母亲的孩子。

生疏的金珠被母亲带着来到华子家里才是第二天。

"你念几年书了？"

"四年，你呢？"

"我没上过学——"金珠把皮球在地上丢了一下又抓住。

"你怎么不念书呢？十三岁了，还不上学？我十岁就上学的……"

金珠说："我不是没有爹吗！妈说，等她积下钱让我念书。"

于是又拍着皮球，金珠和华子差不多一般高，可是华子叫她金珠姐。

华子一放学回来，把书包丢在箱子上或是炕上，就跑出去和金珠姐拍皮球。夜里就挨着睡，白天就一道玩。

金珠把被褥搬到里屋去睡了！从那天起她不和华子交谈一句话；叫她："金珠姐，金珠姐。"她把嘴唇突起来不应声。华子伤心的，她不知道新来的小朋友怎么会这样对她。

再过几天华子就挨骂起来——孩崽子，什么玩意儿呢！——金珠走在地板上，华子丢了一下皮球撞了她，她也是这样骂。连华子的弟弟金珠也骂他。

那孩子叫她："金珠子，小金珠子！"

"小，我比你小多少？孩崽子！"

小弟弟说完了，跑到爷爷身边去，他怕金珠要打他。

夏天晚上，太阳刚落下去，在太阳下蒸热的地面还没有消灭了热。全家就坐在开着窗子的窗台，或坐在门前的木凳上。

"不要弄跌了啊！慢慢推……慢慢推！"祖父招呼小珂。

金珠跑过来，小母鸡一般地，把小车夺过去，小珂被夺着，哭着。祖父叫他："来吧！别哭，小珂听话，不要那个。"

为这事，华子和金珠吵起来了：

"这也不是你家的，你管得着？不要脸！"

"什么东西，硬装不错。"

"我看你也是硬装不错，'帮虎吃食'。"

"我怎么'帮虎吃食'？我怎么'帮虎吃食'？"

华子的后母亲和金珠是一道战线，她气得只是重复着一句话：

"小华子，我也没见你这样孩子，你爹你妈是虎？是野兽？我可没见过你这样孩子。"

"是'帮虎吃食'，是'帮虎吃食'。"华子不住说。

后母亲和金珠完全是一道战线，她叫着她：

"金珠，进来关上窗子睡觉吧！别理那小疯狗。"

"小疯狗，看也不知谁是小疯狗，不讲理才是小疯狗。"

妈妈的权威吵满了院子：

"你爸爸回来，我要不告诉你爸爸才怪的呢？还了得啦！骂她妈是'小疯狗'。我管不了你，我也不是你亲娘，你还有亲爹哩！叫你亲爹来管你。你早没把我看到眼里。骂吧！也不怕伤天理！"

小珂和祖父都进屋去睡了！祖父叫华子也进来睡吧！可是华子始终倚着门呆想。夜在她的眼前，蚊子在她的耳边。

第二天金珠更大胆，故意借着事由来屈服华子，她觉得她必定胜利，她做着鬼脸：

"小华子，看谁丢人，看谁挨骂？你爸爸要打你呢！我先告诉你一声，你好预备着点！"

"别不要脸！"

"骂谁不要脸？我怎么不要脸？把你美的？你个小老婆，我告诉你爹爹去，走，你敢跟我去……"

金珠的母亲，那个胖老太太说金珠：

"都是一般大，好好玩，别打架。干什么，金珠？不好那样！"

华子被扯住肩膀："走就走，我不怕你，还怕你个小穷鬼！都穷不起了，才跑到别人家来，混饭吃还不够，还瞎厉害。"

金珠感到羞辱了，软弱了，眼泪流了满脸：

"娘，我们走吧！不住她家，再不住……"

金珠的母亲也和金珠一样哭。

"金珠，把孩子抱去玩玩。"她应着这呼声，每日肩上抱着孩子。

华子每日上学，放学就拍皮球。

金珠的母亲，是个寡妇母亲，来到亲戚家里，是来做帮工。华子和金珠吵架，并没有人伤心，就连华子的母亲也不把这事放在心上，华子的祖父和小珂也不把这事记在心上。一到傍晚又都到院子去乘凉，吸着烟，用扇子扑着蚊虫……看一看多星的天幕。

华子一经过金珠面前，金珠的母亲的心就跳了。她心跳谁也不晓得，孩子们吵架是平常事，如像鸡和鸡斗架一般。

正午时候，人影落在地面那样短，狗睡到墙根去了！炎夏在午间只听到蜂子飞，只听到狗在墙根喘。

金珠和华子从正门冲出来，两匹狗似的，两匹小狼似的，太阳晒在头上不觉到热；一个跑着，一个追着。华子停下来斗一阵再跑，一直跑到柴栏里去，拾起高粱茎打着。金珠狂笑，但那是变样的狂笑。脸嘴已经不是平日的脸嘴了，嘴抖着，脸是青色的，但仍在狂笑。

谁也没有流血，只是头发上贴住一些高粱叶子。已经累了！双方面都不愿意再打，都没有力量再打。

"进屋去吧，怎么样？"华子问。

"进屋！不打死你这小鬼头对不住你。"金珠又分开两腿，两臂抱住肩头。

"好，让你打死我。"一条木板落到金珠的腿上去。

金珠的母亲完全战栗，她全身战栗，当金珠去夺她正在手中切菜的菜刀时，眼看打得要动起刀来。

做帮工也怕做不长的。

金珠的母亲，洗尿布、切菜、洗碗、洗衣裳，因为是小脚，一天到晚，到晚间，脚就疼了。

"娘，你脚疼吗？"金珠就去打一盆水为她洗脚。

娘起先是恨金珠的，为什么这样不听说？为什么这样不知好歹？和华子一天打到晚。可是她一看到女儿打一盆水给她，她就不恨金珠而自己伤心。若有金珠的爹爹活着哪能这样？自己不是也有家吗？

金珠的母亲失眠了一夜，蚊子成群地在她的耳边飞；飞着，叫着，她坐起来搔一搔又倒下去，终夜她没有睡着，玻璃窗子发着白了！这时候她才一粒一粒地流着眼泪。十年前就是这个天刚亮的时候，金珠的爹爹从炕上抬到床上，那白色的脸，连一句话也没说而死去的人……十年前了！在外面帮工，住亲戚也是十年了！

她把枕头和眼角相接近，使眼泪流到枕头上去，而不去擦它一下，天色更白了！这是金珠爹爹抬进木棺的时候。那打开的木棺，可怕的，一点感情也没有的早晨又要到来似的……她带泪的眼睛合起来，紧紧地压在枕头上。

起床时，金珠问：

"娘，你的眼睛怎么肿了呢！"

"不怎的。"

"告诉我！娘！"

"告诉你什么！都是你不听说，和华子打仗气得我……"

金珠两天没和华子打仗，到第三天她也并不想立刻打仗，因为华子的母亲翻着箱子，一面找些旧衣裳给金珠，一面告诉金珠：

"你和那丫头打仗，就狠点打，我给你做主，不会出乱子的，那丫头最能气人没有的啦！我有衣裳也不能给她穿，这都给你。跟你娘到别处去受气，到我家我可不能让你受气，多可怜哪！从小就没有了爹……"

金珠把一些衣裳送给娘去，以后金珠在这一家中比谁都可靠，把锁柜箱的钥匙也交给了她。她常常就在华子和小珂面前随便吃梨子，可是华子和小珂不能吃。小珂去找祖父，祖父说：

"你是没有娘的孩子，少吃一口吧！"

小珂哭起来了！

在一家中，华子和母亲起着冲突，爷爷也和母亲起着冲突。

被华子的母亲追使着，金珠又和华子吵了几回架。居然，有这么一天，金耳环挂上了金珠的耳朵了。

金珠受人这样同情，比爹爹活转来或者更幸运，饱饱满满地过着日子。

"你多可怜哪！从小就没有了爹！……"金珠常常被同情着。

华子每天上学，放学就拍皮球。金珠每天背着孩子，几乎连一点玩的工夫也没有了。

秋天，附近小学里开了一个平民教育班。

"我也上'平民学校'去吧！一天两点钟，四个月读四本书。"

华子的母亲没有答应金珠，说认字不认字都没有用，认字也吃饭，不认字也吃饭。

邻居的小姑娘和妇人们都去进"平民学校"，只有金珠没能去，只有金珠剩在家中抱着孩子。

金珠就很忧愁了，她想和华子交谈几句，她想借华子的书来看一下，她想让华子替她抱一下小孩，她拍几下皮球，但这都没有做，她多少有一点自尊心存在。

有一天家中只剩华子、金珠、金珠的母亲。孩子睡觉了。

"华子，把你的铅笔借给我写两个字，我会写我的姓。"金珠说完话，很不好意思，嘴唇没有立刻就合起来。

华子把皮球向地面丢了一下，掉过头来，把眼睛斜着从金珠的脚下一直打量到她的头顶。

为着这事金珠把眼睛哭肿。

"娘，我们走吧，不再住她家。"

金珠想要进"平民学校"进不得，想要和华子玩玩，又玩不得，虽然是耳朵上挂着金圈，金圈也并不带来同情给她。

她患着眼病了！最厉害的时候，饭都吃不下。

"金珠啊！抱抱孩子，我吃饭。"华子的后母亲叫她。

眼睛疼得厉害的时候，可怎样抱孩子？华子就去抱。

"金珠啊！打盆脸水。"

华子就去打。

金珠的眼睛还没好，她和华子的感情可好起来。她们两个从朋友变成仇人，又从仇人变成朋友了！又搬到一个房间去睡，被子接着被子。在睡觉时金珠说："我把耳环还给她吧！我不要这东西！"她已不爱那样闪光的耳环。

没等金珠把耳环摘掉，那边已经向她要了：

"小金珠，把耳环摘下来吧！我告诉你说吧，一个人若没有良心，那可真算个人！我说，小金珠子，我对得起你，我给你多少衣裳？我给你金耳环，你不和我一个心眼，我告诉你吧！你后悔的日子在后头呢！眼看你就要带上手镯了！可是我不能给你买了……"

金珠的母亲听到这些话，比看到金珠和华子打架更难过，帮工是帮不成的啦！

华子放学回来，她就抱着孩子等在大门外，笑眯眯的，永久是那个样子，后来连晚饭也不吃，等华子一起吃。若买一件东西，华子同意她就同意。比方买一个扣发的针啦，或是一块小手帕啦！若金珠同意华子也同意。夜里华子为着学校忙着编织物，她也伴着她不睡，华子也教她识字。

金珠不像从前可以任意吃着水果，现在她和小珂、华子同样，依在门外嗅一些水果香。华子的母亲和父亲骂华子，骂小珂，也同样骂着金珠。

终久又有这样的一天，金珠和母亲被驱着走了。

两个朋友，哭着分开。

汾河的圆月

黄叶满地落着，小玉的祖母虽然是瞎子，她也确确实实承认道已经好久就是秋天了。因为手杖的尖端触到那地上的黄叶时，就起着她的手杖在初冬的早晨踏破了地面上的结着薄薄的冰片暴裂的声音似的。

"你爹今天还不回来吗？"祖母的全白的头发，就和白银丝似的在月亮下边走起路来，微微地颤抖着。

"你爹今天还不回来吗？"她的手杖格格地打着地面，落叶或瓦砾或沙上都在她的手杖下发着响或冒着烟。

"你爹，你爹，还不回来吗？"

她沿着小巷子向左边走。邻家没有不说她是疯子的，所以她一走到谁家的门前，就听到纸窗里边咯咯的笑声，或是问她：

"你儿子去练兵去了吗？"

她说："是去了啦，不是吗！就为着那卢沟桥……后来人家又都说不是，说是为着'三一八'什么还是'八一三'……"

"你儿子练兵打谁呢？"

假若再接着问她，她就这样说：

"打谁……打小日本子吧……"

"你看过小日本子吗？"

"小日本子，可没见过……反正还不是黄眼珠，卷头发……说话滴拉都鲁地……像人不像人，像兽不像兽。"

"你没见过，怎么知道是黄眼珠？"

"那还用看，一想就是那么一回事……东洋鬼子，西洋鬼子，一想就都是那么一回事……看见！有眼睛的要看，没有眼睛也必得要看吗？不看见，还没听人说过……"

"你听谁说的？"

"听谁说的！你们这睁着眼睛的人，比我这瞎子还瞎……人家都说，瞎子有耳朵就行……我看你们这耳眼皆全的……耳眼皆全……皆全……"

"全不全你怎么知道日本子是卷头发……"

"嘎！别瞎说啦！把我的儿子都给卷了去啦……"

汾河边上的人对于这疯子起初感到趣味，慢慢地厌倦下来，接着就对她非常冷淡。也许偶尔对她又感到趣味，但那是不常有的。今天这白头发的疯子就空索索地一边嘴在咕鲁咕鲁的像是鱼在池塘里吐着沫似的，一边向着汾河走去。

小玉的父亲是在军中病死的，这消息传到小玉家是在他父亲离开家还不到一个月的时候。祖母从那个时候，就在夜里开始摸索，嘴里就开始不断地什么时候想起来，就什么时候说着她的儿子是去练兵练死了。

可是从小玉的母亲出嫁的那一天起，她就再不说她的儿子是死了，她忽然说她的儿子是活着，并且说他就快回来了。

"你爹还不回来吗？你妈眼看着就把你们都丢下啦！"

夜里小玉家就开着门过的夜，祖父那和马铃薯一样的脸孔，好像是浮肿了，突起来的地方突得更高了。

"你爹还不回来吗？"祖母那夜依着门扇站着，她的手杖就在蟋蟀叫的地方打下去。

祖父提着水桶，到马棚里去了一次再去一次。那呼呼的喘气的声音，就和马棚里边的马差不多了。他说：

"这还像个家吗？你半夜三更的还不睡觉！"

祖母听了他这话，带着手杖就跑到汾河边上去，那夜她就睡在汾河边上了。

小玉从妈妈走后，那胖胖的有点发黑的脸孔，常常出现在那七八家取水的井口边。尤其是在黄昏的时候，他跟着祖父饮马的水桶一块来了。马在喝水时，水桶里边发着响，并且那马还响着鼻子。而小玉只是静静地站着，看着……有的时候他竟站到黄昏以后。假若有人问他：

"小玉怎么还不回去睡觉呢？"

那孩子就用黑黑的小手搔一搔遮在额前的那片头发，而后反过来手掌向外，把手背压在脸上，或者压在眼睛上：

"妈没有啦！"他说。

直到黄叶满地飞着的秋天，小玉仍是常常站在井边，祖母仍是常常嘴里叨叨着，摸索着走向汾河。

汾河永久是那么寂寞，潺潺地流着，中间隔着一片沙滩，横在高高城墙下，在圆月的夜里，城墙背后衬着深蓝色的天空。经过河上用柴草架起的浮桥，在沙滩上印着日里经行过的战士们的脚印。天空是辽远的，高的，不可及的深远在圆月的背后，在城墙的上方悬着。

小玉的祖母坐在河边上，曲着她的两膝，好像又要说到她的儿子，这时她听到一些狗叫，一些掌声。她不知道什么是掌声，她想是一片震耳的蛙鸣。

一个救亡的小团体的话剧在村中开演了。

然而，汾河的边上仍坐着小玉的祖母，圆月把她画着深黑色的影子落在地上。

一九三八年八月二十日

朦胧的期待

　　　　一年之中三百六十日，

　　　　日日在愁苦之中，

　　　　还不如那山上的飞鸟，

　　　　还不如那田上的蚱虫。

　　李妈从那天晚上就唱着曲子，就是当她听说金立之也要出发到前方去之后。金立之是主人家的卫兵。这事可并没有人知道，或者那另外的一个卫兵有点知道，但也说不定是李妈自己的神经过敏。

　　"李妈！李妈……"

　　当太太的声音从黑黑的树荫下面传来时，李妈就应着回答了两三声。因为她是性急爽快的人，从来是这样，现在仍是这样。可是当她刚一抬脚，为着身旁的一个小竹方凳，差一点没有跌倒，于是她感到自己是流汗了，耳朵热起来，眼前冒了一阵花。她想说：

"倒霉！倒霉！"她一看她旁边站着那个另外的卫兵，她就没有说。

等她从太太那边拿了两个茶杯回来，刚要放在水里边去洗，那姓王的卫兵把头偏着：

"李妈，别心慌，心慌什么，打碎了杯子。"

"你说心慌什么……"她来到嘴边上的话没有说，像是生气的样子，把两个杯子故意地撞出叮当的响声来。

院心的草地上，太太和老爷的纸烟的火光和一朵小花似的忽然开放得红了。忽然又收缩得像一片在萎落下去的花片。萤火虫在树叶上闪飞，看起来就像凭空的毫没有依靠的被风吹着似的那么轻飘。

"今天晚上绝对不会来警报的……"太太的椅背向后靠着，看着天空。她不大相信这天阴得十分沉重，她想要寻找空中是否还留着一个星子。

"太太，警报不是多少日子夜里不来了么？"李妈站在黑夜里就像被消灭了一样。

"不对，这几天要来的，战事一过九江，武汉空袭就多起来……"

"太太，那么这仗要打到哪里？也打到湖北？"

"打到湖北是要打到湖北的，你没看见金立之都要到前方去了吗？"

"到大冶，太太，这大冶是什么地方？多远？"

"没多远，出铁的地方，金立之他们整个的特务连都到那边去。"

李妈又问："特务连也打仗，也冲锋，就和别的兵一样？特务连不是在长官旁边保卫长官的吗？好比金立之不是保卫太太和老爷的吗？"

"紧急的时候，他们也打仗，和别的兵一样啊！你还没听金立之说在大场他也作战过吗！"

李妈又问："到大冶是打仗去！"又隔了一会她又说："金立之就是作战去？"

"是的，打仗去，保卫我们的国家！"

太太没有十分回答她，她就在太太旁边静静地站了一会，听着太太和老爷谈着她所不大理解的战局，又是田家镇……又是什么镇……

李妈离开了院心，经过有灯光的地方，她忽然感到自己是变大了，变得就像和院子一般大，她自己觉得她自己已经赤裸裸地摆在人们的面前。又仿佛自己偷了什么东西被人发觉了一样，她慌忙地躲在了暗处。尤其是那个姓王的卫兵，正站在老爷的门厅旁边，手里拿着个牙刷，像是在刷牙。

"讨厌鬼，天黑了，刷的什么牙……"她在心里骂着，就走进厨房去。

一年之中三百六十日。

日日在愁苦之中，

还不如那山上的飞鸟，

还不如那田上的蚱虫。

还不如那山上的飞鸟，

还不如那田上的蚱虫……

李妈在饭锅旁边这样唱着，在水桶旁边这样唱着，在晒衣服的竹竿子旁边也是这样唱着。从她的粗手指骨节流下来的水滴，把她的裤腿和她的玉蓝麻布的上衣都印着圈子。在她的深红而微黑的嘴唇上闪着一点光，好像一只油亮的甲虫伏在那里。

刺玫树的阴影在太阳下边，好像用布剪的，用笔画出来的一样爬在石阶前的砖柱上。而那葡萄藤，从架子上边倒垂下来的缠绕的枝梢，上面结着和纽扣一般大的微绿色和小琉璃似的圆葡萄，风来的时候，还有些颤抖。

李妈若是前些日子从这边走过，必得用手触一触它们，或者拿在手上，向她旁边的人招呼着：

"要吃得啦……多快呀！长得多快呀！……"

可是现在她就像没有看见它们，来往的拿着竹竿子经过的时候，她不经意地把竹竿子撞了葡萄藤，那浮浮沉沉地摇着的叶子，虽是李妈已经走过，而那阴影还在地上摇了多时。

李妈的忧郁的声音，不但从曲子声发出，就是从勺子、盘子、碗的声音，也都知道李妈是忧郁了，因为这些家具一点也不响亮。往常那响亮的厨房，好像一座音乐室的光荣的日子，只落在回忆之中。

白嫩的豆芽菜，有的还带着很长的须子，她就连须子一同煎炒起来，油菜或是白菜，她把它带着水就放在锅底上，油炸着菜的声音就像水煮的一样。而后浅浅的白色盘子的四边向外流着淡绿色的菜汤。

用围裙揩着汗，在她正对面她平日挂在墙上的那块镜子里边，反映着仿佛是受惊的，仿佛是生病的，仿佛是刚刚被幸福离弃了的年轻的山羊那么沉寂。

李妈才二十五岁，头发是黑的，皮肤是坚实的，心脏的跳动也和她的健康成和谐。她的鞋尖常常是破的，因为她走路永远来不及举平她的脚，门槛上，煤堆上，石阶的边沿上，她随时随地地畅快地踢着。而现在反映在镜子里的李妈不是那个原来的李妈，而是另外的李妈了，黑了，沉重了，哑暗了。

把吃饭的家具摆齐之后，她就从桌子边退了去，她说："不大舒服，头痛。"

她面向着栏栅外的平静的湖水站着，而后荡着。已经爬上了架的矮瓜，在黄色的花上，有蜜蜂在带着粉的花瓣上来来去去。而湖上打成片的肥大的莲花叶子，每一张的中心顶着一个圆圆的水珠，这些水珠和水银的珠子似的向着太阳，淡绿色的莲花苞和挂着红嘴的莲花苞，从肥大的叶子的旁边站了出来。

　　湖边上有人为着一点点家常的菜蔬除着草，房东的老仆人指着那边竹墙上冒着气一张排着一张的东西向李妈说：

　　"看吧！这些当兵的都是些可怜人，受了伤，自己不能动手，都是弟兄们在湖里给洗这东西，这大的毯子，不会洗净的。不信，过到那边去看看，又腥又有别的味……"

　　西边竹墙上晒着军用毯，还有些草绿色的、近乎黄色的军衣。李妈知道那是伤兵医院，从这几天起，她非常厌恶那医院，从医院走出来的用棍子当作腿的伤兵们，现在她一看了就有些害怕。所以那老头指给她看的东西，她只假装着笑笑。隔着湖，在那边湖边上洗衣服的也是兵士，并且在石头上打着洗着的衣裳发出沉重的水声来……"金立之裹腿上的带子，我不是没给他钉起吗？真是发昏了，他一会不是来取吗？"

　　等她取了针线又来到湖边，隔湖的马路上，正过着军队，唱着歌的、混着灰尘的行列，金立之不就在那行列里边吗？李妈神经质的，自己也觉得这想头非常可笑。

　　各种流行的军歌，李妈都会唱，尤其是那句：中华民族到了最危险的时候。她每唱到这一句，就学着军人的步伐走了几步。她非常喜欢这个歌,因为金立之喜欢。

可是今天她厌恶他们,她把头低下去,用眼角去看他们,而那歌声,就像黄昏时成团在空中飞着的小虫子似的,使她不能躲避。

"李妈……李妈。"姓王的卫兵喊着她,她假装没有听到。

"李妈!金立之来了。"

李妈相信这是骗她的话,她走到院心的草地上去,呆呆地站在那里。王卫兵和太太都看着她:

"李妈没有吃饭吗?"

她手里卷着一半裹腿,她的嘴唇发黑,她的眼睛和钉子一样的坚实,不知道钉在她面前的什么。而另外的一半裹腿,比草的颜色稍微黄一点,长长的拖在草地上,拖在李妈的脚下。

金立之晚上八点多钟来的。红的领章上又多了一点金花,原来是两个,现在是三个。在太太的房里,为着他出发到前方去,太太赏给他一杯柠檬茶。

"我不吃这茶,我只到这里……我只回来看一下。连长和我一同到街上买连里用的东西。我不吃这茶……连长在八点一刻来看老爷的。"他灵敏地看一下袖口的表:"现在八点,连长一来我就得跟连长一同归连……"

接着他就谈些个他出发到前方,到什么地方,做什么职务,特务连的连长是怎样一个好人,又是带兵多么真诚……

太太和他热诚地谈着。李妈在旁边又拿太太的纸烟给金立之，她说：

"现在你来是客人了，抽一支吧！"

她又跑去把裹腿拿来，摆在桌子上，又拿在手里又打开，又卷起来……在地板上，她几乎不能停稳，就像有风的水池里走着的一张叶子。

他为什么还不来到厨房里呢？李妈故意先退出来，站在门槛旁边咳嗽了两声，而后又大声和那个王卫兵讲着连她自己也不知道是什么意思的话，她看金立之仍不出来，她又走进房去，她说：

红的果园
174

"三个金花了，等从前方回来，大概要五个金花了。金立之今天也换了新衣裳，这衣裳也是新发的吗？"

金立之说："新发的。"

李妈要的并不是这样的回答。李妈又说：

"现在八点五分了，太太的表准吗？"

太太只向着表看了一下，点一点头，金立之仍旧没有注意。

"这次，我们打仗全是为了国家，连长说，宁做战死鬼，勿做亡国奴，我们为了妻子、家庭、儿女，我们必须抗战到底……"

金立之站得笔直在和太太讲话。

趁着这工夫，她从太太房子里溜了出来，下了台阶，转了一个弯，她就出了小门，她去买两包烟送给他。听说，战壕里烟最宝贵。她在小巷子里一边跑着，一边想着她所要说的话："你若回来的时候，可以先找到老爷的官厅，就一定能找到我。太太走到哪里，说一定带着我走。"再告诉他："回来的时候，你可不能就忘了我，要做个有心的人，可不能够高升了忘了我……"

她在黑黑的巷子里跑着，她并不知道自己是在发烧。她想起来到夜里就越热了，真是湖北的讨厌的天气。她的背脊完全浸在潮湿里面。

"还得把这块钱给他，我留着这个有什么用呢！下月的工钱又是五元。可是上前线去的，钱是有数的……"她隔着衣裳捏着口袋里一元钱的票子。

等李妈回来，金立之的影子都早消失在小巷子里了，她站在小巷子里喊着：

"金立之……金立之……"

远近都没有回声，她的声音还不如落在山涧里边还能得到一个空虚的反响。

和几年前的事情一样，那就是九江的家乡，她送一个年轻的当红军的走了，他说他当完了红军回来娶她，他说那时一切就都好了。临走时还送给她一匹印花布，过去她在家里一看到那印花布她就要啼哭。现在她又送走这个特务连的兵士走了，他说抗战胜利了回来娶她，他说那时一切就都好了。

还得告诉他："把我的工钱都留着将来安排我们的家。"

但是金立之已经走了，想是连长已经来了，他归连了。

等她拿着纸烟，想起这最末的一句话的时候，她的背脊被凉风拍着，好像浸在凉水里一样，因为她站定了，她停止了，热度离开了她，跳跃和翻腾的情绪离开了她。徘徊、鼓荡着的要破裂的那一刻的人生，只是一刻把其余的人生都带走了。人在静止的时候常常冷的。所以是她不期地打了个激灵的冷战。

李妈回头看一看那黑黑的院子，她不想再走进去，可是在她前面的那黑黑的小巷子，招引着她的更没有方向。

她终归是转回身来，在那显着一点苍白的铺砖的小路上，她摸索着回来了。房间里的灯光和窗帘子的颜色，单调得就像飘在空中的一块布和闪在空中的一道光线。

李妈打开了女仆的房门，坐在她自己的床头上，她觉得虫子今夜都没有叫过，空的，什么都是不着边际的，电灯是无缘无故地悬着，床铺是无缘无故地放着，窗子和门也是无缘无故地设着……总之，一切都没有理由存在，也没有理由消灭……

李妈最末想起来的那一句话，她不愿意反复，可是她又反复了一遍：

"把我的工钱，都留着将来安排我们的家。"

李妈早早地休息了，这是第一次，在全院子的女仆休息之前，她是第一次睡得这样早，两盒红锡包香烟就睡在她枕头的旁边。

湖边上战士们的歌声，虽然是已经黄昏以后，有时候隐约地还可以听到。

夜里她梦见金立之从前线上回来了。"我回来安家来了，从今我们一切都好了。"他打胜了。

而且金立之的头发还和从前一样的黑。

他说："我们一定得胜利的，我们为什么不胜利呢，没道理！"

李妈在梦中很温顺地笑了。

一九三八年十月三十一日

朦胧的期待

逃　难

　　这火车可怎能上去？要带东西是不可能，就单说人吧，也得从下边用人抬。

　　何南生在抗战之前做小学教员，他从南京逃难到陕西遇到一个朋友是做中学校长的，于是他就做了中学教员。做中学教员这回事先不提。就单说何南生这面貌，一看上去真使你替他发愁，两个眼睛非常光亮而又时时在留神，凡是别人要看的东西，他却躲避着，而别人不要看的东西，他却偷着看，他还没开口说话，他的嘴先向四边咧着，几乎把嘴咧成一个火柴盒形，那样子使人疑心他吃了黄莲。除了这之外，他的脸上还有点特别的地方，就是下眼睑之下那两块豆腐块样突起的方形筋肉，不管他在说话的时候，在笑的时候，在发愁的时候，那两块筋肉永久不会运动，就连他最好的好朋友，不用说，就连他的太太吧，也从没有看到他那两块砖头似的筋肉运动过。

"这是干什么……这些人，我说：中国人若有出息真他妈的……"

何南生一向反对中国人，就好像他自己不是中国人似的。抗战之前反对得更厉害，抗战之后稍稍好了一点，不过有时候仍旧来了他的老毛病。

什么是他的老毛病呢？就是他本身将要发生点困难的事情，也许这事情不一定发生，只要他一想到关于他本身的一点不痛快的事，他就对全世界怀着不满。好比他的袜子晚上脱的时候掉在地板上，差一点没给耗子咬了一个洞，又好比临走下讲台的当儿，一脚踏在一只粉笔头上，粉笔头一滚，好险没有跌了一跤。总之，危险的事情若没有发生就过去了，他就越感到那危险得了不得，所以他的嘴上除掉常常说中国人怎样怎样之外，还有一句常说的就是：

"到那时候可怎么办哪……"

他一回头，又看到了那塞满着人的好像鸭笼似的火车。

"到那时候可怎么办哪？"现在他所说的到那时候可怎么办是指着到他们逃难的时候可怎么办。

何南生和他的太太送走了一个同事，还没有离开站台，他就开始不满意，他的眼睛离开那火车第一眼看到他的太太，就觉得自己的太太胖得像笨猪，这在逃难的时候多麻烦。

"看吧，到那时候可怎么办！"他心里想着："再胖点就是一辆火车都要装不下啦！"可是他并没有说。

他又想到，还有两个孩子，还有一只柳条箱，一只猪皮箱，一个网篮，三床被子也得都带着……网篮里边还能装得下两个白铁锅。到哪里还不是得烧饭呢！逃难，逃到哪里还不是得先吃饭呢！不用说逃难，就说抗战吧，我看天天说抗战的逃起难来比谁都来的快，而且带着孩子老婆锅碗瓢盆一大堆。

在路上他走在他太太的前边，因为他心里一烦乱，就什么也不愿意看。他的脖子向前探着，两个肩头低落下来，两只胳臂就像用稻草做的似的，一路上连手指尖都没有弹一下。若不是看到他的两只脚还在一前一后的移进着，真要相信他是画匠铺里的纸彩人了。

这几天来何南生就替他们的家庭忧着心，而忧心得最厉害的就是从他送走那个同事，那快要压瘫人的火车的印象总不能去掉。可是也难说，就是不逃难，不抗战，什么事也没有的时候，他也总是胆战心惊的。这一抗战，他就觉得个人的幸福算完全不用希望了，他就开始做着倒霉的准备。倒霉也要准备的吗？读者们可不要稀奇！现在何南生就要做给我们看了：一九三八年三月十五日，何南生从床上起来了，第一眼他看到的，就是墙上他已准备好的日历。

"对的，是今天，今天是十五……"

一夜他没有好好睡，凡是他能够想起的，他就一件一件地不管大事小事都把它想一遍，一直听到了潼关的炮声。

敌人占了风陵渡和我们隔河炮战已经好几天了，这炮声夜里就停息，天一亮就开始，本来这炮声也没有什么可怕的，何南生也不怕，虽然他教书的那个学校离潼关几十里路，照理应该害怕，可是因为他的东西都通通整理好了，就要走了，还管他炮战不炮战呢！

他第二眼看到的就是他太太给他摆在枕头旁边的一双袜子。

"这是干什么？这是逃难哪……不是上任去呀……你知道现在袜子多少钱一双……"他喊着他的太太，"快把旧袜子给我拿来！把这新袜子给我放起来。"

他把脚尖伸进拖鞋里去，没有看见说破袜子破到什么程度，那露在后边的脚跟，他太太一看到就咧起嘴来。

"你笑什么，你笑！这有什么好笑的……还不快给孩子穿衣裳，天不早啦……上火车比登天还难，那天你还没看见。袜子破有什么好笑的，你没看到前线上的士兵呢！都光着脚。"这样说，好像他看见了，其实他也没看见。

十一点钟还有他的一点钟历史课，他没有去上，两点钟他要上车站。

他吃午饭的时候，一会看看钟，一会揩揩汗，心里一着急，所以他就出汗。学生问他几点钟开车，他就说：

"六点一班车，八点还有一班车，我是预备六点的，现在的事难说，要早去，何况我是带着他们……"他所说的"他们"是指的孩子、老婆和箱子。

因为他是学生们组织的抗战救国团的指导，临走之前还得给学生们讲几句话，他讲的什么，他没有准备，他一开头就说，他说他三五天就回来，其实他是一去就不回来的。最后的一句说的是最后的胜利是我们的……其余的他说，他与陕西共存亡，他绝不逃难。

何南生的一家，在五点二十分钟的时候，算是全来到了车站：太太，孩子——一个男孩、一个女孩——一个柳条箱，一个猪皮箱，一只网篮，三个行李包。为什么行李包这样多呢？因为他把雨伞、字纸篓、旧报纸都用一条被子裹着，算作一件行李；又把抗战救国团所发的棉制服，还有一双破棉鞋，又用一条被子包着，这又是一个行李；那第三个行李，一条被子，那里边包的东西可非常多：电灯泡，粉笔箱，羊毛刷子，扫床的扫帚，破揩布两三块，洋蜡头一大堆，算盘子一个，细铁丝两丈多，还有一团白线，还有肥皂盒盖一个，剩下又都是旧报纸。

只旧报纸他就带了五十多斤，他说：到哪里还不得烧饭呢？还不得吃呢？而点火还有比报纸再好的吗？这逃难的时候，能俭省就俭省，肚子不饿就行了。

除掉这三个行李，网篮也最丰富：白铁锅，黑瓦罐，空饼干盒子，挂西装的弓形的木架，洗衣裳时挂衣裳的绳子，还有一个掉了半个边的陕西土产的痰盂，还有一张小油布，是他那个两岁的女孩夜里铺在床上怕尿了褥子用的，还有两个破洗脸盆，一个洗脸的，一个洗脚的。还有油乌的筷子笼一个，切菜刀一把，筷子一大堆，吃饭的饭碗三十多个，切菜樽三个。切菜樽和饭碗是一个朋友走留给他的。他说：逃难的时候，东西只有越逃越少，是不会越逃越多的，若可能就多带些个，没有错，丢了这个还有那个，就是扔也能够多扔几天呀！还有好几条破裤子都在网篮的底上，这个他也有准备。

他太太在装网篮的时候问他：

"这破裤子要它做什么呢？"

他说："你看你，万事没有打算，若有到难民所去的那一天，这个不都是好的吗？"

所以何南生这一家人，在他领导之下，五点二十分钟才全体到了车站，差一点没有赶上火车——火车六点开。

何南生一边流着汗珠一边觉得这回可万事齐全了，他的心上有八分快乐，他再也想不起什么要拿而没有拿的，因为他已经跑回去三次，第一次取了一个花瓶，第二次又在灯头上拧下一个灯伞来，第三次他又取了忘记在灶台上的半盒刀牌烟。

火车站离他家很近，他回头看看那前些日子还是白的，为着怕飞机昨天才染成灰色的小房。他点起一支烟来，在站台上来回地喷着，反正就等火车来，就等这一上了。

"到那时候可怎么办哪！"照理他正该说这一句话的时候。站台上不知堆了多少箱子、包裹，还有那么一大批流着血的伤兵，还有那么一大堆吵叫着的难民。这都是要上六点钟开往西安的火车。但何南生的习惯不是这样，凡事一开头，他最害怕，总之一开头他就绝望，等到事情真来了，或是越来越近了，或是就在眼前，一到这时候，你看他就安闲得多。

火车就要来了，站台的大钟已经五点四十一分。

他又把他所有的东西看了一遍，一共是大小六件，外加热水瓶一个。

"实在没有什么东西忘记的吧！你再好好想想！"他问他的太太说。

他的女孩跌了一跤，正在哭着，他太太就用手给那孩子抹鼻涕：

"哟！我的小手帕忘下了呀！今天早晨洗的，就挂在院心的绳子上。我想着想着，说可别忘了，可是到底忘了，我觉得还有点什么东西，有点什么东西，可就想不起来。"

何南生早就离开太太往回跑了。

"怎么能够丢呢？你知道现在的手帕多少钱一条？"他就用那手揩着脸上的汗，"这逃难的时候，我没说过吗！东西少了可得节约，添不起。"

他刚喘上一口气来，他用手一摸口袋；早晨那双没有舍得穿的新袜子又没有了。

"这是丢在什么地方啦？他妈的……火车就要到啦……三四毛钱，又算白扔啦！"

火车误了点，六点五分钟还没到，他就趁这机会又跑回去一趟，袜子果然找到了，托在他的掌心上，他正在研究着袜子上的花纹，他听他的太太说："你的眼镜呀……"

可不是，他一摸眼镜又没有了，本来他也不近视，也许为了好看，他戴眼镜。

他正想回去找眼镜，这时候，火车到了。

他提起箱子来，向车门奔去，他挤了半天没有挤进去，他看别人都比他来得快，也许别人的东西轻些，自己不是最先奔到车门口的吗？怎么上不去，却让别人上去了呢？大概过了十分钟，他的箱子和他仍旧站在车厢外边。

"中国人真他妈的……真是天生中国人！"他的帽子被挤下去时，他这样骂着。

火车开出去好远了，何南生的全家仍旧完完全全地留在站台上。

"他妈的，中国人要逃不要命，还抗战呢！不如说逃战吧！"他说完了"逃战"还四边看一看，这车站上是否有自己的学生或熟人，他一看没有，于是又抖着他那被撕裂的长衫："这还行，这还没有见个敌人的影，就吓靡魂啦！要挤死啦！好像屁股后边有大炮轰着。"

八点钟的那次开往西安的列车进站了，何南生又率领着他的全家向车厢冲去，女人叫着，孩子哭着，箱子和网篮又挤得吱咯地乱响。何南生恍恍惚惚地觉得自己是跌倒了，等他站起来，他的鼻子早就流了不少的血，血染着长衫的前胸。他太太报告说，他们只有一只猪皮箱子在人们的头顶上被挤进了车厢去。

"那里装的都是什么东西？"他着急所以连那猪皮箱子装的什么东西都弄不清了。

"你还不知道吗？不都是你的衣裳？你的西装……"

他一听这个还了得！他就问着他太太所指的那个车厢奔去，火车就开了，起初开得很慢，他还跟着跑，他还招呼着，而后只得安然地退下来。

他的全家仍旧留在站台上，和别的那些没有上得车的人们留在一起。只是他的猪皮箱子自己跑上火车去走了。

"走不了，走不了，谁让你带这些破东西呢？我看……"太太说。

"不带，不带，什么也不带……到那时候可怎么办哪！"

"让你带吧！我看你现在还带什么！"

猪皮箱不跟着主人而自己跑了，饱满的网篮在枕木旁边裂着肚子，小白铁锅瘪得非常可怜，若不是它的主人，就不能认识它了。而那个黑瓦罐竟碎成一片一片的。三个行李只剩下一个完整的，他们的两个孩子正坐在那上面休息。其余的一个行李不见了，另一个被撕裂了，那些旧报纸在站台上飞，柳条箱也不见了，记不清是别人给拿去了还是他们自己抬上车去了。

等到第三次开往西安的车，何南生的全家总算全上去了。到了西安一下火车先到他们的朋友家。

"你们来了呵！都很好！车上没有挤着？"

"没有，没有，就是丢点东西……还好，还好，人总算平安。"何南生的下眼睑之下的那两块不会运动的筋肉，仍旧没有运动。

"到那时候……"他又想要说到那时候可怎么办，没有说，他想算了吧！抗战胜利之前，什么能是自己的呢？抗战胜利之后什么不都有了吗？

何南生平静地把那一路上抱来的热水瓶放在了桌子上。

黄　河

　　悲壮的黄土层茫茫地顺着黄河的北岸延展下去，河水在辽远的转弯的地方完全是银白色，而在近处，它们则扭绞着旋卷着和鱼鳞一样。帆船，那么奇怪的帆船！简直和蝴蝶的翅子一样：在边沿上，一条白的，一条蓝的，再一条灰色的，而后也许全帆是白的，也许全帆是灰色的或蓝色的，这些帆船一只排着一只，它们的行走特别迟缓，看上去就像停止了一样，除非天空的太阳，就再没有比这些镶着花边的帆更明朗的了，更能够眩惑人的感官的了。

　　载客的船也从这边继续地出发，大的，小的，还有载着货物的，载着马匹的。还有些响着铃子的，呼叫着的，乱翻着绳索的。等两只船在河心相遇的时候，水手们用着过高的喉咙，他们说些个普通话：太阳大不大，风紧不紧，或者说水流急不急，但也有时用过高的声音彼此约定下谁先行，谁后行。总之他们都是用着最响亮的声音，这不是为了必要，是对于黄河他们在实行着一种约束。或者对于河水起着不能控制的心情，而过高地提拔着自己。

在潼关下边，在黄土层上垒荡着的城围下边，孩子们和妇人用着和狗尾巴差不多的小得可怜的笤帚在扫着军队的运输队撒留下来稀零的、被人纷争着的、滚在平平的河滩上的几颗豆粒或麦稞。河的对面就像孩子们的玩具似的，在层层叠叠生着绒毛似的黄土层上爬着一串微黑色的小火车。小火车平和地又急喘地吐着白汽，仿佛一队受了伤的小母猪样的在摇摇摆摆地走着。车上同猪印子一样打上两个淡褐色的字印：同蒲。

黄河的唯一的特征，就是它是黄土的流，而不是水的流。照在河面上的阳光反射得也不强烈。船是四方形的，如同在泥上滑行，所以运行的迟滞是有理由的。

早晨，太阳也许带着风沙，也许带着晴朗来到潼关的上空，它抚摸遍了那广大的土层，它在那终年昏迷着的静止在风沙里边的土层上用晴朗给摊上一种透明和纱一样的光彩，又好像月光在八月里照在森林上一样，起着远古的、悠久的、永不能够磨灭的悲哀的雾障。在夹对的黄土床中流走的河水相同，它是偷渡着敌军的关口，所以昼夜地匆忙，不停地和泥沙争斗着。年年月月，日日夜夜，时时刻刻，到后来它自己本身就绞进泥沙去了。河里只见了泥沙，所以常常被诅咒成泥河呀！野蛮的河，可怕的河，簇卷着而来的河，它会卷走一切生命的河，这河本身就是一个不幸。

现在是上午，太阳还与人的视线取着平视的角度，河面上是没有雾的，只有劳动和争渡。

正月完了，发酥的冰排流下来，互相击撞着，也像船似的，一片一片的。可是船上又像堆着雪，是堆起来的面袋子，白色的洋面。从这边河岸运转到那边河岸上去。

阎胡子的船，正上满了肥硕的袋子，预备开船了。

可是他又犯了他的老毛病，提着砂做的酒壶去打酒去了。他不放心别的撑篙的给他打酒，因为他们常常走在半路矜持不住，空嘴白舌，就仰起脖儿呷了一口，或者把钱吞下一点儿去喝碗羊汤，不足的分量，用水来补足。阎胡子只消用舌头板一压，就会发现这些年轻人们的花头来的，所以回回是他自己去打酒。

水手们备好了纤绳，备好了篙子，便盘起膝盖坐下来等。

凡是水手没有不愿意靠岸的，不管是海航或是河航。但是，凡是水手，也就没有一个愿意等人的。

因为是阎胡子的船，非等不可。

"尿骚桶，喝尿骚，一等等到骆锅腰！"一个小伙子直挺挺地靠在桅杆上立着，说完了话，便忙着脊背向下溜，直到坐在船板上，咧开大嘴在笑着。

忽然，一个人，满头大汗的，背着个小包，也没打招呼，踏上了五寸宽那条小踏板，跳上船来了。

"下去，下去！上水船，不让客！"

"老乡……"

"下去，下去，上水船，不让客！"

"让一让吧，我帮着你们打船……"

"这可不是打野鸭子呀，下去！"水手看看上来的是一个灰色的兵。

"老乡……"

"是，老乡，上水船，吃力气，这黄河可不同别的河……撑杆一下去就是一身汗。"

"老乡们！我不是白坐船，当兵的还怕出力气吗！我是过河去赶队伍的。天太早，摆渡的船哪里有呢！老乡，我早早过河赶路的……"他说着就在洋面袋子上靠着身子，那近乎圆形的脸还有一点发光，那过于长的头发在帽子下面像是帽子被镶了一道黑边。

"八路军怎么单人出发的呢？"

"我是因为老婆死啦，误了几天……所以着急要快赶的。"

"哈哈！老婆死啦还上前线。"于是许多笑声跳跃在绳索和撑杆之间。

水手们因为趣味的关系，互相地高声地骂着。同时准备着张帆，准备着脱离开河岸，把这兵士似乎是忘记了，也似乎允许了他的过渡。

"这老头子打酒在酒店里睡了一觉啦……你看他那个才睡醒的样子……腿好像是经石头绊住啦……"

"不对。你说的不对，石头就挂在他的脚跟上。"

那老头子的小酒壶像一块镜子或是一片蛤蜊壳闪烁在他的胸前。微微有点温暖的阳光和黄河上常有的缭乱而没有方向的风丝在他的周围裹荡。于是他混着沙土的头发跳荡得和干草似的失去了光彩。

"往上放罢！"

这是黄河上专有的名词，若想横渡，必得先上行，而后下行。因为河水没有正路的缘故。

阎胡子的脚板一踏上船身，那种安适、把握，丝毫其他的欲望可使他不宁静的可能都不能够捉住他的。他只发了和号令似的这一句话，而后笑纹就自由地在他皱纹不太多的眼角边流展开来。而后他走下舵室去，那是一个黑黑的小屋，在船尾的舱里，里面像是供着什么神位，一个小龛子前有两条红色的小对联。

"往上放罢！"

这声音因为河上的冰排格凌凌地作响的反应显得特别粗壮和苍老。

"这船上有坐闲船的，老阎，你没看见？"

"那得让他下去，多出一分力量可不是闹着玩的……在那地方？他在那地方？"

那灰色的兵士，他向着阳光微笑：

"在这里，在这里……"他手中拿着撑船的长杆站在船头上。

"去，去去……"阎胡子从舱里伸出一只手来："去去去……快下去……快下去……你是官兵，是保卫国家的，可是这河上也不是没有兵船。"

阎胡子是山东人，十多年以前因为黄河涨大水逃到关东又逃到山西的。所以山东人的火性和粗鲁还在他身上常常出现。

"你是哪个军队上的？"

"我是八路的。"

"八路的兵，是单个出发的吗？"

"我的老婆生病，她死啦……我是过河去赶队伍的。"

"唔！"阎胡子的小酒壶还捏在左手上。

"那么你是山西的游击队啦……是不是？"阎胡子把酒壶放下了。

在那士兵安然地回答着的时候，那船板上完全流动着笑声，并且分不清楚那笑声是恶意的还是善意的。

"老婆死啦还打仗！这年头……"

阎胡子走上船板来：

"你们，你们这些东西！七嘴八舌头，赶快开船吧！"他亲手把一只面粉口袋抬起来，他说那放的不是地方，"你们可不知道，这面粉本来三十斤，因为放的不是地方，它会让你费上六十斤的力量。"他把手遮在额前，向着东方照了一下：

"天不早啦，该开船啦。"

于是撑起花色的帆来。那帆像翡翠鸟的翅子，像蓝蝴蝶的翅子。

水流和绳子似的在撑杆之间扭绞着。在船板上来回跑着的水手们的汗珠被风扫成碎末而掠着河面。

阎胡子的船和别的运着军粮的船遥远地相距着。尾巴似的这只孤船系在那排成队的十几只船的最后。

黄河的土层是那么原始地、单纯地、干枯地、完全缺乏光彩地站在两岸。正和阎胡子那没有光彩的胡子一样，土层是被河水、风沙和年代所造成，而阎胡子那没有光彩的胡子则是受这风沙的迷漫的缘故。

"你是八路的……可是你的部队在山西的哪一方面？俺家就在山西。"

"老乡！听你说话是山东口音。过来多年啦？"

"没多少年，十几年……俺家那边就是游击队保卫着……都是八路的，都是八路的……"阎胡子把棕色的酒杯在嘴唇上湿润了一下，嘴唇不断地发着光，他的喝酒，像是并没有走进喉咙去，完全和一种形式一样。但是他不断地浸染着他的嘴唇。那嘴唇在说话的时候好像两块小锡片在跳动着：

"都是八路的……俺家那方面都是八路的……"

他的胡子和春天快要脱落的牛毛似的疏散和松放。他的红的近乎赭色的脸像是用泥土塑成的，又像是在窑里边被烧炼过，显着结实、坚硬。阎胡子像是已经变成了陶器。

"八路上的……"他招呼着那兵士，"你放下那撑杆吧！我看你不会撑，白费力气……这边来坐坐，喝一碗茶……"方才他说过的那些去去去……现在变成来来来了："你来吧，这河的水性特别，与众不同……你是白费气力，多你一个人坐船不算么！"

船行到了河心，冰排从上边流下来的声音好像古琴在骚闹着似的。阎胡子坐在舱里佛龛旁边，舵柄虽然拿在他的手中，而他留意的并不是这河上的买卖，而是"家"的回念。直到水手们提醒他船已走上了急流，他才把他关于家的谈话放下。但是没多久，又零零乱乱地继续下去……

"赵城，赵城俺住了八年啦！你说那地方要紧不要紧？去年冬天太原下来之后，说是临汾也不行了……赵城也更不行啦……说是非到风陵渡不可……这时候……就有赵城的老乡去当兵的……还有一个邻居姓王的，那小伙子跟着八路军游击队去当伙夫去啦……八路军不就是你们这一路的吗？……那小伙子我还见着他来的呢！胳臂上挂着这'八路'两个字。后来又听说他也跟着出发到别的地方去了呢！……可是你说……赵城要紧不要紧？俺倒没有别的牵挂，就是俺那孩子太小，带他到这河上来吧，他又太小，不能做什么……跟他娘在家吧……又怕日本兵来到杀了他。这过河逃难的整天有，俺这船就是载面粉过来，再载着难民回去……看看那哭哭啼啼的老的小的……真是除了去当兵，干什么都没有心思！"

"老乡！在赵城你算是安家立业的人啦，那么也一定有二亩地啦？"兵士面前的茶杯在冒着气。

"哪能够说到房子和地，跑了这些年还是穷跑腿……所好的就是没把老婆孩子跑去。"

"那么山东家还有双亲吗？"

"哪里有啦？都给黄河的水卷去啦！"阎胡子擦了一下自己的胡子，把他旁边的酒杯放在酒壶口上，他对着舱口说：

"你见过黄河的大水吗？那是民国几年……那就铺天盖地地来了！白亮亮地，哗哗地……和野牛那么叫着……山东那黄河可不比这潼关……几百里、几十里一漫平。黄河一到潼关就没有气力啦……看这山……这大土崖子……就是它想要铺天盖地又怎能……可是山东就不行啦！……你家是哪里？你到过山东？"

"我没到过，我家就是山西……洪洞……"

"家里还有什么人？咱两家是不远的……喝茶，喝茶……呵……呵……"老头子为着高兴，大声地向着河水吐了一口痰。

"我这回要赶的部队就是在赵城……洪洞的家也都搬过河来了……"

"你去的就是赵城，好！那么……"他从舵柄探出船外的那个孔道口看出去……河简直就是黄色的泥浆，滚着，翻着……绞绕着……舵就在这浊流上打击着。

　　"好！那么……"他站起来摇着舵柄，船就快靠岸了。

　　这一次渡河，阎胡子觉得渡得太快。他擦一擦眼睛，看一看对面的土层，是否来到了河岸？

　　"好，那么……"他想让那兵士给他的家带一个信回去，但又觉得没有什么可说的。

　　他们走下船来，沿着河身旁的沙地向着太阳的方向进发。无数条的光的反刺击撞着阎胡子古铜色的脸面，他的宽大的近乎方形的脚掌把沙滩印着一些圆圆洼陷。

　　"你说赵城可不要紧？我本想让你带一个回信去……等到饭馆喝两盅，咱二人谈说谈说……"

　　风陵渡车站附近，层层转转的是一些板棚或席棚，里边冒着气，响着勺子，还有一种油香夹杂着一种咸味在那地方缭绕着。

　　一盘炒豆腐、一壶四两酒蹲在阎胡子的桌面上。

　　"你要吃什么，你只管吃……俺在这河上多少总比你们当兵的多赚两个……你只管吃……来一碗面片汤，再加半斤锅饼……先吃着，不够再来……"

　　风沙的卷荡在太阳高了起来的时候，是要加甚的。席棚子像有笤帚在扫着似的，嚓嚓地在凸出凹进地响着。

阎胡子的话，和一串珠子似的咯啦咯啦地被玩弄着，大风只在席棚子间旋转，并没有把阎胡子的故事给穿着。

"……黄河的大水一来到俺山东那地方，就像几十万大军已经到了……连小孩子夜晚吵着不睡的时候，你若说'来大水啦'，他就安静了一刻。用大水吓唬孩子就像用老虎一样使他们害怕。在一个黑沉沉的夜里，大水可真的来啦；爹和娘站在房顶上，爹说：'……怕不要紧，我活四十多岁，大水也来过几次，并没有卷去什么。'我和姐姐拉着娘的手……第一声我听着叫的是猪，许是那猪快到要命的时候啦，哽哽的……以后就是狗，狗跳到柴堆上……在那上头叫着……再以后就是鸡……它们那些东西乱飞着……柴堆上，墙头上，狗栏子上……反正看不见，都听得见的……别人家的也是一样。还有孩子哭、大人骂。只有鸭子，那一夜到天明也没有休息一会，比平常不涨大水的时候还高兴……鸭子不怕大水，狗也不怕，可是狗到第二天就瘦啦……也不愿睁眼睛啦……鸭子正不一样，胖啦！新鲜啦……呱呱的叫声更大了！可是爹爹那天晚上就死啦，娘也许是第二天死的……"

阎胡子从席棚通过了那在锅底上乱响着的炒菜的勺子而看到黄河上去。

"这边，这河并不凶。"他喝了一盅酒，筷子在辣椒酱的小碟里点了一下。他脸上的筋肉好像棕色的浮雕经过了陶器的制作那么坚硬，那么没有变动。

"小孩子的时候，就听人家说，离开这河远一点吧！去跑关东吧！（即东三省）一直到第二次的大水……那时候，我已经二十六岁……也成了家……听人说，关东是块福地，俺山东人跑关东的年年有，俺就带着老婆跑到关东去……关东俺有三间房，两三亩地……关东又变成了'满洲国'。赵城俺原本有一个叔叔，打一封信给俺，他说那边，慢慢地日本人都想法子把中国人治死，还说先治死这些穷人。依着我就不怕，可是俺老婆说俺们还有孩子啦，因此就跑到俺叔叔这里来，俺叔叔做个小买卖，俺就在叔叔家帮着照料照料……慢慢地活转几个钱，租两亩地种种……俺还有个儿，俺儿一年一年地眼看着长成人啦！这几个钱没有活转着，俺叔要回山东，把小买卖也收拾啦。剩下俺一个人，这心里头可就转了圈子……山西原来和山东一样，人们也只有跑关东……要想在此地谋个生活，就好比苍蝇落在针尖上，俺山东人体性粗，这山西人体性慢……干啥事干不惯……"

"俺想，赵城可还离火线两三百里，许是不要紧……"他向着兵士，"咱中国的局面怎么样？听说日本人要夺风陵渡……俺在山西没有别的东西，就是这一只破船……"

兵士站起来，挂上他的洋瓷碗，油亮的发着光的嘴唇点燃着一支香烟，那有点胖的手骨节凹着小坑的手又在整理着他的背包。黑色的裤子，灰色的上衣，衣襟上涂着油渍和灰尘。但他脸上的表情是开展的、愉快的、平坦和希望的。他讲话的声音并不高朗，温和而宽弛，就像他在草原上生长起来的一样：

"我要赶路的，老乡！要给你家带个信吗？"

"带个信……"阎胡子感到一阵忙乱，这忙乱是从他的心底出发的，带什么呢？这河上没有什么可告诉的。"带一个口信说……"好像这饭铺炒菜的勺子又搅乱了他，"你坐下等一等，俺想一想……"

他的头垂在他的一只手上，好像已经成熟了的转茎莲垂下头来一样。席棚子被风吸着凹进凸出的好像一大张海蜇飘在海面上。勺子声，菜刀声，被洗着的碗的声音，前前后后响着鞭子声。小驴车、马车和骡子车拖拖搭搭地载着军火或食粮来往着。车轮带起来的飞沙并不狂猖，而那狂猖着的，是跟着黄河而来的，在空中它漫卷着太阳和蓝天，在地面它则漫卷着沙尘和黄土，漫卷着所有黄河地带生长着的一切，以及死亡的一切。

潼关，背着太阳的方向站着，因为土层起伏高下，看起来，那是微黑的一大群，像是烟雾停止了，又像黑云下降，又像一大群兽类堆集着蹲伏下来。那些巨兽，并没有毛皮，并没有面貌，只相同读了埃及大沙漠的故事之后偶尔出现在夏夜的梦中的一个可怕的记忆。

风陵渡侧面向着太阳站着，所以土层的颜色有些微黄，及有些发灰，总之有一种相同在病中那种苍白的感觉，看上去干涩、无光，无论如何不能把它制伏的那种念头，会立刻压住了你。

站在长城上会使人感到一种恐惧，那恐惧是人类历史的血流又鼓荡起来了！而站在黄河边上所起的并不是恐惧，而是对人类的一种默泣，对于病痛和荒凉永远的诅咒。

同蒲路的火车，好像几匹还没有睡醒的小蛇似的慢慢地来了一串，又慢慢地去了一串。

那兵士站起来向阎胡子说：

"我就要赶火车去……你慢慢地喝吧……再会啦……"

阎胡子把酒杯又倒满了。他看着杯子底上有些泥土，他想，这应该倒掉而不应该喝下去，但当他说完了给他带一个家信，就说他在这河上还好的时候，他忘记了那杯酒是不想喝的，也就走下喉咙去了。同时他赶快撕了一块锅饼放在嘴里，喉咙像是有什么东西在涨塞着有些发痛。于是他就抚弄着那块锅饼上突起的花纹，那花纹是画的"八卦"。他还识出了哪是"乾卦"，哪是"坤卦"。

奔向同蒲站的兵士，听到背后有呼唤他的声音：

"站住……站住……"

他回头看时，那老头好像一只小熊似的奔在沙滩上：

"我问你，是不是中国这回打胜仗，老百姓就得日子过啦？"

八路的兵士走回来，好像是沉思了一会，而后拍着那老头的肩膀。

"是的，我们这回必胜……老百姓一定有好日子过的。"

那兵士都模糊佛像画面上的粗壮的小人一样了。可是阎胡子仍旧在沙滩上站着。

阎胡子的两脚深深地陷进沙滩去，那圆圆的涡旋埋没了他的两脚了。

一九三八年八月六日汉口

弃 儿

一

水就像远天一样，没有边际地漂漾着。一片片的日光，在水面上浮动着的大人、小孩和包裹都呈青蓝颜色。安静的不慌忙的小船朝向同一的方向走去，一个接着一个……

一个肚子圆得馒头般的女人，独自地在窗口望着。她的眼睛就如块黑炭，不能发光，又暗淡，又无光，嘴张着，胳膊横在窗沿上，没有目的地望着。

有人打门，什么人将走进来呢？那脸色苍苍，好像盛满面粉的布袋一样，被人掷了进来的一个面影。这个人开始谈话了："你倒是怎么样呢？才几个钟头水就涨得这样高，你不看见么？一定得有条办法，太不成事了？七个月了，共欠了四百块钱。王先生是不能回来的。男人不在，当然要向女人算账……现在一定不能再没有办法了。"正一正帽头，抖一抖衣袖，他的衣裳又像一条被倒空了的布袋，平板地，没有皱纹，只是眼眉往高处抬了抬。

女人带着她的肚子，同样的脸上没有表情，嘴唇动了动："明天就有办法。"

她望着店主脚在衣襟下迈着八字形的步子，鸭子样地走出屋门去。

她的肚子不像馒头，简直是小盆被扣在她肚皮上，虽是长衫怎样宽大，小盆还是分明地显露着。

倒在床上，她的肚子也被带到床上，望着棚顶，由马路间小河流水反照的水光，不定形地乱摇，又夹着从窗口不时冲进来嘈杂的声音。什么包袱落水啦！孩子掉下阴沟啦！接续的，连绵的，这种声音不断起来。这种声音对她似两堵南北不同方向立着的墙壁一样，中间没有连锁。

"我怎么办呢？没有家，没有朋友，我走向哪里去呢？只有一个新认识的人，他也是没有家呵！外面的水又这样大，那个狗东西又来要房费，我没有。"

她似乎非想下去不可，像外边的大水一样，不可抑止地想："初来这里还是飞着雪的时候，现在是落雨的时候了。刚来这里肚子是平平的，现在却变得这样了。"她手续摸着肚子，仰望天棚的水影，被褥间汗油的气味，在发散着。

红的果园

二

天黑了，旅馆的主人和客人都纷扰地提着箱子，拉着小孩走了。就是昨天早晨楼下为了避水而搬到楼上的人们，也都走了。骚扰的声音也跟随着走了。这里只是空空的楼房，一间挨紧一间，关着门，门里的帘子默默地静静地长长地垂着，从嵌着玻璃的地方透来。只有楼下的一家小贩，一个旅馆的杂役和一个病了的妇人男人伴着留在这里。满楼的窗子散乱乱地开张和关闭，地板上的尘土地毡似的摊着。这里荒凉得就如兵已开走的营垒，什么全是散散乱乱得可怜。

水的稀薄的气味在空中流荡，沉静的黄昏在空中流荡，不知谁家的小猪被丢在这里，在水中哭喊着绝望的来往的尖叫。水在它的身边一个连环跟着一个连环地转，猪被围在水的连环里，就如一头苍蝇或是一头蚊虫被缠入蜘蛛的网罗似的，越挣扎，越感觉网罗是无边际的大。小猪横卧在板排上，它只当遇了救，安静的，眼睛在放希望的光。猪眼睛流出希望的光和人们想吃猪肉的希望绞缠在一起，形成了一条不可知的绳。

猪被运到那边的一家屋子里去。

黄昏慢慢地耗，耗向黑沉沉的像山谷、像壑沟一样的夜里去。两侧楼房高大空洞就是峭壁，这里的水就是山涧。

依着窗口的女人，每日她烦得像数着发丝一般的心，现在都躲开她了，被这里的深山给吓跑了。方才眼望着小猪被运走的事，现在也不伤着她的心了，只觉得背上有些阴冷。当她踏着地板的尘土走进单身房的时候，她的腿便是用两条木做的假腿，不然就是别的腿强接在自己的身上，没有感觉，不方便。

整夜她都是听到街上的水流唱着胜利的歌。

每天在马路上乘着车的人们现在是改乘船了。马路变成小河，空气变成蓝色，而脆弱的洋车夫们往日他是拖着车，现在是拖船。他们流下的汗水不是同往日一样吗？带有咸和酸笨重的气味。

松花江决堤三天了，满街行走大船和小船，用箱子当船的也有，用板子当船的也有，许多救济船在嚷，手中摇摆着黄色旗子。

住在二层楼上那个女人，被只船载着经过几条窄狭的用楼房砌成河岸的小河，开始向无际限闪着金色光波的大海奔去。她呼吸着这无际限的空气，她第一次与室窗以外的太阳接触。江堤沉落到水底去了，沿路的小房将睡在水底，人们在房顶蹲着。小汽船江鹰般地飞来了，又飞过去了，留下排

红的果园
206

成蛇阵的弯弯曲曲的波浪在翻卷。那个女人的小船行近波浪，船沿和浪相接触着摩擦着。船在浪中打转，全船的人脸上没有颜色的惊恐。她尖叫了一声，跳起来，想要离开这个漂荡的船，走上陆地去。但是陆地在哪里？

满船都坐着人，都坐着生疏的人。什么不生疏呢？她用两个惊恐忧郁的眼睛，手指四张的手摸抚着突出来的自己的肚子。天空生疏，太阳生疏，水面吹来的风夹带水的气味也生疏。只有自己的肚子接近，不辽远，但对自己又有什么用处呢？

那个波浪是过去了，她的手指还是四处张着，不能合拢。"今夜将住在非家，为什么蓓力不来接我，走岔路了吗？假设方才翻倒过去不是什么全完了吗？也不用想这些了。"

六七个月不到街面，她的眼睛缭乱，耳中的受音器也不服支配了，什么都不清楚。在她心里只感觉热闹。同时她也分明地考察对面驶来的每个船只，有没有来接她的蓓力，虽然她的眼睛是怎样缭乱。

她嘴张着，眼睛瞪着，远天和太阳辽阔的照耀。

四

一家楼梯间站着一个女人，屋里抱小孩的老婆婆猜问着："你是芹吗？"

芹开始同主妇谈着话，坐在圈椅间，她冬天的棉鞋，显然被那个主妇看得清楚呢！主妇开始说："蓓力去伴你来，不看见吗？那一定是走了岔路。"一条视线直迫着芹的全身而泻流过来，芹的全身每个细胞都在发汗，紧张、急躁，她愤恨自己为什么不迟来些，那就免得蓓力到哪里连个影儿都不见，空虚地转了来。

芹到窗口吸些凉爽的空气，她破旧褴衫的襟角在缠着她的膝盖跳舞。当蓓力同芹登上细碎的月影在水池边绕着的时候，那已是当日的夜，公园里只有蚊虫嗡嗡地飞。他们相依着，前路似乎给蚊虫遮断了，冲穿蚊虫的阵，冲穿大树的林，经过两道桥梁，他们在亭子里坐下，影子相依在栏杆上。

高高的大树，树梢相结，像一个用纱制成的大伞，在遮着月亮。风吹来大伞摇摆，下面洒着细碎的月光，春天出游少女一般的疯狂呵！蓓力的心里和芹的心里都有一个同样的激动，并且这个激动又是同样的秘密。

五

芹住在旅馆，孤独的心境不知都被赶到什么地方了。就是蓓力昨夜整夜不睡的痛苦，也不知被赶到什么地方了？

他为了新识的爱人芹，痛苦了一夜，本想在决堤第二天就去接芹到非家来，他像一个破大摇篮一样，什么也盛不住，衣袋里连一毛钱也没有。去当掉自己流着棉花的破被吗？哪里肯要呢？他开始把他最好的一件制服从床板底下拿出来，拍打着尘土。他想这回一定能当一元钱的，五角钱给她买吃的送去，剩下的五角伴她乘船出来用作船费，自己尽可不必坐船去，不是在太阳岛也学了几招游泳吗？现在真的有用了。他腋夹着这件友人送给的旧制服，就如夹着珍珠似的，脸色兴奋。一家当铺的金字招牌，混杂着商店的招牌，饭馆的招牌。在这招牌的林里，他是认清哪一家是当铺了，他欢笑着，他的脸欢笑着。当铺门关了，人们嚷着正阳河开口了。回来倒在板床上，床板硬得和一张石片。他恨自己了，昨天到芹那去，为什么把裤带子丢了。就是游着泳去，也不必把裤带子解下抛在路旁，为什么那样兴奋呢？蓓力心如此想，手就在腰间摸着新买的这条皮带。他把皮带抽下来，鞭打着自己。为什么要用去五角钱呢！只要有五角钱，用手提着裤子，不也是可以把自己的爱人伴出来吗？整夜他都是在这块石片的床板上煎熬着。

六

　　他住在一家饭馆的后房，他看着棚顶在飞的蝇群，壁间踱走的潮虫，他听着烧菜铁勺的声音，刀砍着肉的声音，前房食堂间酒杯声，舞女们伴着舞衣摩擦声，门外叫花子乞讨声，像箭一般地，像天空繁星一般地，穿过嵌着玻璃的窗子，一棵棵地刺进蓓力的心去。他眼睛放射红光，半点不躲避。安静的蓓力不声响地接受着。他懦弱吗？他不知痛苦吗？天空在闪烁的繁星，都晓得蓓力是在怎么存心。

就像两个从前线退回来的兵士，一离开前线，前线的炮火也跟着离开了，蓓力和芹只顾坐在大伞下，听风声和树叶们的叹息。

蓓力的眼睛实在不能睁开了。为了躲避芹的觉察，还几次地给自己作着掩护："今晨起得早一点，眼睛有些发干。"芹像明白蓓力的用意一样，芹又给蓓力作着掩护的掩护："那么我们回去睡觉吧！"

公园门前横着小水沟，跳过水沟来，斜对的那条街就是非家了，他们向非家走去。

地面上旅行着的两条长长的影子，在浸渐地消泯。就像两条刚被主人收留下的野狗一样，只是吃饭和睡觉才回到主人家里，其余尽是在街头跑着蹲着。

蓓力同他新识的爱人芹，在友人家中已是一个星期过了。这一个星期无声无味地飞过去。街口覆放着一只小船，他们整天坐在船板上。公园也被水淹没了，实在无处可去，左右的街巷也被水淹没了，他们两颗相爱的心也像有水在追赶着似的，一天比一天接近感到拥挤了。两颗心膨胀着，也正和松花江一样，想寻个决堤的出口冲出去。这不是想，只是需要。

一天跟着一天寻找，可是左右布的密阵也一天天地高，一天天地厚，两颗不得散步的心，只得在他们两个相合的手掌中狂跳着。

七

蓓力也不住在饭馆的后房了，同样是住在非家，他和芹也是同样地离着。每天早起，不是蓓力到内房去推醒芹，就是芹早些起来，偷偷地用手指接触着蓓力的脚趾。他的脚每天都是抬到藤椅的扶手上面，弯弯地伸着。蓓力是专为芹来接触而预备着这个姿势吗？还是藤椅短放不开他的腿呢？

他的脚被捏得作痛，醒转来。身子就是一条弯着腰的长虾，从藤椅间钻了出来，藤椅就像一只虾笼似的被蓓力丢在那里了。他用手揉擦着眼睛，什么都不清楚，两只鸭子形的小脚，伏在地板上，也像被惊醒的鸭子般的不知方向。鱼白的天色，从玻璃窗透进来，朦胧的在窗帘上惺忪着睡眼。

芹的肚子越胀越大了！由一个小盆变成一个大盆，由一个不活动的物件，变成一个活动的物件。她在床上睡不着，蚊虫在她的腿上走着玩，肚子里的物件在肚皮里走着玩，她简直变成个大马戏场了，什么全在这个场面上耍起来。

下床去拖着那双瘦猫般的棉鞋，她到外房去，蓓力又照

211

弃
儿

样地变作一条弯着腰的长虾，钻进虾笼去了。芹唤醒他，把腿给他看，芹腿上的小包都连成排了。若不是蚊虫咬的，一定会错认石阶上的苔藓生在她的腿上了。蓓力用手抚摸着，眉头皱着，他又向她笑了笑，他的心是怎样的刺痛呵！芹全然不晓得这一个，以为蓓力是带着某种笑意向她煽动一样。她手指投过去，生在自己肚皮里的小物件也给忘掉了，只是示意一般地捏紧蓓力的脚趾，她的心尽力地跳着。

内房里的英夫人提着小荣到厨房去，小荣先看着这两个虾来了，大嚷着推给她妈妈看。英夫人的眼睛不知放出什么样的光，故意地问："你们两个用手握住脚，这是东洋式的握手礼还是西洋式的？"

四岁的小荣姑娘也学起妈妈的腔调，就像嘲笑而不当嘲笑地唱着："这是东洋式的还是西洋式的呢？"

芹和蓓力的眼睛，都像老虎的眼睛在照耀着。

蓓力的眼睛不知为了什么变成金刚石的了！又发光，又坚硬。芹近几天尽看到这样的眼睛，他们整天地跑着，一直跑了十多天了！有时就连蓓力出去办一点事，她要像一条尾巴似的跟着蓓力。只是最近才算是有了个半职业——替非做一点事。

中央大街的水退去，撑船的人也不见了。蓓力挽着芹的手，芹的棉鞋在褪了色蓝衫下浮动。又加上肚子特别发育，中央大街的人们，都看得清楚。蓓力白色篮球鞋子，一对小灰猪似的在马路上走。

非从那边来了！大概是下班回来，眼睛镶着眼镜向他们打了个招呼。走过去，一个短小的影子消失了。

晚间当芹和英夫人坐在屋里的时候，英夫人摇着头，脸上表演着不统一的笑，尽量地把声音委婉，向芹不知说了些什么。大概是白天被非看到芹和蓓力在中央大街走的事情。

芹和蓓力照样在街上绕了一周，蓓力还是和每天一样要挽着她跑。芹不知为了什么，两条腿不愿意活动，心又不耐烦！两星期前住在旅馆的心情又将萌动起来，她心上的烟雾刚退去，不久又像给罩上了。她手玩弄着蓓力的衣扣，眼睛垂着，头低下去："我真不知这是什么意思，我们衣衫褴褛，就连在街上走的资格也没有了！"

蓓力不明白这话是对谁发的，他迟钝而又灵巧地问："怎么？"

芹在学话说："英说：'你们不要在街上走去，在家里可以随便，街上的人太多，很不好看呢！人家讲究着很不好听！你们不知道吗？在这街上我们认识许多朋友，谁都知道你们是住在我家的，假设你们若是不住在我家，好看与不好看，我都不管的。'"芹在玩弄着衣扣。

蓓力的眼睛又在放射金刚石般的光，他的心就像被玩弄着的衣扣一样，在焦烦着。

他把拳头握得紧紧的，向着自己的头部打去。芹给他拦

213
弃
儿

住了："我们不是分明地晓得这是怎样一种友情？穷人不许有爱。"

他把拳头仍是握得紧紧的，他说的话就像从唇间撕下来的一样："穷人恋爱，富人是常常笑话的。穷人也会学着富人笑话穷人么？"他的拳头向着一切人打去，他的眼睛冒火。当时蓓力挽起芹的胳膊来，真像一只被提的手杖，经过大街，穿过活动着的人林，芹被提上楼去。

在过道间，蚊虫的群扰攘着。芹一看到蚊虫，她腿上的苔藓立地会发着刺心的痒。窗口间的天色水般的清，风也像芹般的凉，凉水般的风像浇在她的心里一样，她在发抖。蓓力看到她在发抖，也只有看着而已！就连蓓力自己也没件夹衣可穿呀！

八

关于英夫人的讲话，蓓力向非提问的时候，非并不知道英为什么要说这些。非只是惊奇，与非简直是不发生关系，蓓力的脸红了，他的心忏悔。

"富人穷人，穷人不许恋爱？"

方才他们心中的焦烦退了去。在街头的木凳上，她若感到凉，只有一个方法，她把头埋在蓓力上衣的前襟里。

公园被水淹没以后，只有一个红电灯在那个无人的地方自己燃烧。秋天的夜里，红灯在密结的树梢上面，树梢沉沉的，好像在静止的海上面发现了萤火虫似的，他们笑着，跳着，拍着手，每夜都是来向着这萤火虫在叫跳一回……

她现在不拍手了，只是按着肚子，蓓力把她扶回去。当上楼梯的时候，她的眼泪被抛落在黑暗里。

九

非对芹和蓓力有点两样，上次英夫人的讲话，可以证明是非说的。

非搬走了，这里的房子留给他岳母住，被褥全拿走了。芹在土炕上，枕着包袱睡。在土炕上睡了仅仅是两夜，她肚子疼得厉害。她卧在土炕上，蓓力也不出街了，他蹲在地板上，下颚枕炕沿，守着她。这是两个雏鸽，两个被折了巢窠的雏鸽。只有这两个鸽子才会互相了解，真的帮助，因为饥寒迫在他们身上是同样的分量。

芹肚子疼得更厉害了，在土炕上滚成个泥人了。蓓力没有戴帽子，跑下楼去，外边是落着阴冷的秋雨。两点钟过了蓓力不见回来，芹在土炕上继续自己滚的工作。外面的雨落得大了！三点钟也过了，蓓力还是不回来，芹只想撕破自己的肚子，外面的雨声她听不到了！

弃

儿

十

蓓力在小树下跑，雨在天空跑，铺着石头的路，雨的线在上面翻飞，雨就像要把石头压碎似的，石头又非反抗到底不可。

穿过一条街又一条街，穿过一片雨又一片雨，他衣袋里仍然是空着，被雨淋得他就和水鹅同样。

走进大门了，他的心飞上楼去，在抚慰着芹，这是谁也看不见的事。芹野兽疯狂般的尖叫声，从窗口射下来，经过成排的雨线，压倒雨的响声，却实实在在、牢牢固固、箭般地插在蓓力的心上了。

蓓力带着这支箭追上楼去，他以为芹是完了，是在发着最后的嘶叫。

芹肚子疼得半昏了，她无知觉地拉住蓓力的手，她在土炕抓的泥土和蓓力带的雨水相合。

蓓力的脸色惨白，他又把方才向非借的一元车钱送芹入医院的影子想了一遍："慢慢有办法。过几天，不忙。"他又想："这是朋友应该说的话吗？我明白了，我和非经济不平等，不能算是朋友。"

任是芹怎样号叫，他最终离开她下楼去了，雨是滔天地落下来。

十一

芹肚子痛得不知人事，在土炕上滚得不成人样了，脸和白纸一个样。痛得稍轻些，她爬下地来，想喝一杯水。茶杯刚拿在手里，又痛得不能耐了，杯子摔到地板上，杯子碎了。那个黄脸大眼睛非的岳母跟着声响走进来，嘴里啰唆起："也太不成样子了，我们这里倒不是开的旅馆，随便谁都住在这里。"

芹听不清谁在说话，把肚子压在炕上，要把小物件从肚皮挤出来，这种痛法简直是绞着肠子，肠子像被抽断一样。她流着汗，也流着眼泪。

十二

芹像鬼一个样，在马车上囚着，经过公园，经过公园的马戏场，走黑暗的途径。蓓力紧抱住她。现在她对蓓力只有厌烦，对于街上的每个行人都只有厌烦。她扯着头发，在蓓力的怀中挣扎。

她恨不能一步飞到医院，但是，马却不愿意前进，在水中一劲打旋转。蓓力开始惊惶，他说话的声音和平时两种："这里的水特别深呵！走下阴沟去，危险。"他跳下水去，拉着马勒，在水里前进着。

芹十分无能地卧在车里，好像一个龃龉的包袱或是一个垃圾箱。

这一幅沉痛的悲壮的受压迫的人物映画，在明月下，在秋光里，渲染得更加悲壮、更加沉痛了。

铁栏栅的门关闭着，门口没有电灯，黑森森的，大概医院是关了门了。

蓓力前去打门，芹的心希望和失望在绞跳着。

十三

马车又把她载回来了，又经过公园，又经过马戏场，芹肚子痛得像轻了一点。她看到马戏场的大象，笨重地在玩着自己的鼻子，分明清晰的她又有心思向蓓力寻话说：

"你看见大象笨得真巧。"

蓓力一天没得吃饭，现在他看芹像小孩子似的开着心，他心里又是笑又是气。

车回到原处了，蓓力尽他所有借到的五角钱给了车夫。蓓力就像疾风暴雨里的白菜一样，风雨过了，他又扶着芹，踏上楼梯。他心里想着："医生方才看过了，不是还得一月后才到日子吗？那时候一定能想法借到十五元住院费。"

蓓力才想起来，绐芹把破被子铺在炕上。她倒在被上，手指在整着蓬乱的头发。蓓力要脱下湿透的鞋子，吻了她一下，到外房去了。

又有一阵呻吟声蓓力听到了，赶到内房去，蓓力第一条视线射到芹的身上，芹的脸已是惨白得和铅锅一样。他明白她的肚子不痛是心理作用，尽力相信方才医生谈再过一个月那是不准，是错误。

十四

他不借，也不打算，他明白现代的一切事情唯有蛮横，用不到讲道理。所以第二次他把芹送到医院的时候，虽然他是没有住院费，芹结果是强住到医院里。

在三等产妇室，芹迷沉地睡了两天了，总是梦着马车在水里打转的事情。半醒来的时候，急得汗水染透了衾枕。

她身体过于疲乏，精神也随之疲乏，对于什么事情都不大关心。对于蓓力，对于全世界的一切，全是一样。蓓力来时，坐在小凳上谈几句不关紧要的话。他一走，芹又合拢起眼睛来。

三天了，芹夜间不能睡着，奶子胀得硬，里面像盛满了什么似的，只听她嚷着奶子痛，但没听她询过关于孩子的话。

产妇室里摆着五张大床，睡着三个产妇，邻边空着五张小床。看护妇给推过一个来，靠近挨着窗口的那个产妇，又一个挨近别一个产妇。她们听到推小床的声音，把头露出被子外面，脸上都带着不可抑止、新奇的笑容，就好像看到自己的小娃在床里睡着的小脸一样。她们并不向看护妇问一句话，怕羞似的脸红着，只是默默地在预备热情，期待她们亲手造成的小动物与自己第一次见面。

第三个床看护妇推向芹的方向走来，芹的心开始跳动，就像个意外的消息传了来。手在摇动："不要！不……不要……我不要呀！"她的声音里，母子之情就像一条不能折断的钢丝被她折断了，她满身在抖颤。

十五

满墙泻着秋夜的月光。夜深，人静，只是隔壁小孩子在那边哭着。

孩子生下来哭了五天了，躺在冰凉的板床上。涨水后的蚊虫成群片地从气窗挤进来，在小孩的脸上身上爬行。她全身冰冰，她整天整夜地哭。冷吗？饿吗？生下来就没有妈妈的孩子，谁去管她呢？

月光照了满墙，墙上闪着一个影子，影子抖颤着。芹挨下床去，脸伏在有月光的墙上："小宝宝，不要哭了，妈妈不是来抱你吗？冻得这样凉呵，我可怜的孩子！"

孩子咳嗽的声音，把芹伏在壁上的脸移动了，她跳上床去，她扯着自己的头发，用拳头痛打自己的头盖。真个自私的东西，成千成万的小孩在哭，怎么就听不见呢？成千成万的小孩饿死了，怎么看不见呢？比小孩更有用的大人也都饿死了，自己也快饿死了，这都看不见！真是个自私的东西！

睡熟的芹在梦里又活动着，芹梦着蓓力到床边抱起她就跑了，跳过墙壁，院费也没交，孩子也不要了。听说后来小孩给院长做了丫鬟，被院长打死了。

孩子在隔壁还是哭着，哭得时间太长了，那孩子作呕，芹被惊醒，慌张地迷惑地赶下床去。她以为院长在杀害她的孩子，只见影子在壁上一闪，她昏倒了。

秋天的夜在寂寞地流，每个房间泻着雪白的月光，墙壁这边地板上倒着妈妈的身体，那边的孩子在哭着妈妈。只隔一道墙壁，母子之情就永久相隔了。

十六

身穿白长衫三十多岁的女人，她黄脸上涂着白粉，粉下隐现黄黑的斑点。坐在芹的床沿，女人烦絮地向芹问些琐碎的话，别的产妇凄然地在静听。

芹一看见她们这种脸，就像针一样在突刺着自己的心。"请抱去吧，不要再说别的话了。"她把头用被蒙起，她再不能抑止，这是什么眼泪呢？在被里横流。

那两个产妇受了感动似的，也用手抹着眼睛，坐在床沿的女人说："谁的孩子，谁也舍不得，我不能做这母子俩离的事。"女人的身子扭了一扭。

芹像被什么人要挟似的，把头上的被掀开，面上笑着，眼泪和笑容凝结地笑着："我舍得，小孩子没有用处，你把她抱去吧！"

小孩子在隔壁睡，一点都不知道，亲生她的妈妈把她给别人了。

那个女人站起来到隔壁去了，看护妇向那个女人在讲，一面流泪："小孩子生下来六天了，连妈妈的面都没得见，整天整夜地哭，喂她牛奶她不吃，他妈妈的奶胀得痛都挤扔了。唉，不知为什么！听说孩子的爸爸还很有钱呢！这个女人真怪，连有钱的丈夫都不愿嫁。"

那个女人同情着。看护妇说："这小脸多么冷清，真是个生下来就招人可怜的孩子。"小孩子被她们摸索醒了，她的面贴到别人的手掌，以为是妈妈的手掌，她撒怨地哭了起来。

过了半个钟头，小孩将来的妈妈，夹着红包袱满脸欢喜地踏上医院的石阶。

包袱里的小被褥给孩子包好，经过穿道，经过产妇室的门前，经过产妇室的妈妈，小孩跟着生人走了，走下石阶了。

产妇室里的妈妈什么也没看见，只听一阵嘈杂的声音呵！

十七

当芹告诉蓓力孩子给人家抱去了的时候，她刚强的沉毅的眼睛把蓓力给瞪住了，他只是安定地听着："这回我们没有挂碍了。丢掉一个小孩，是有多数小孩要获救的目的，现在当前的问题就是住院费。"

蓓力握紧芹的手，他想："芹是个时代的女人，真想得开。一定是我将来忠实的伙伴！"他的血在沸腾。

每天当蓓力走出医院时，庶务都是向他问院费，蓓力早就放下没有院费的决心了，所以他第二次又夹着那件制服到当铺去，预备芹出院的车钱。

他的制服早就被老鼠在床下给咬破了，现在就连这件可希望的制服，也没有希望了。

蓓力为了五角钱，开始奔波。

十八

芹住在医院快是三个星期了！同室的产妇，来一个住一个星期抱着小孩走了，现在仅留她一个人在产妇室里，院长不向她要院费了，只希望她出院好了。但是她出院没有车钱，没有夹衣，最要紧的她没有钱租房子。

芹一个人住在产妇室里，整夜的幽静，只有她一个人享受窗上大树招摇细碎的月影，满墙走着，满地走着。她想起来母亲死去的时候，自己还是小孩子，睡在祖父的身旁，不也是在夜里，看着窗口的树影么？现在祖父走进坟墓去了，自己离家乡已三年了．时间一过什么事情都消灭了。

窗外的树风唱着幽静的曲子，芹听到隔院的鸡鸣声了。

十九

产妇们都是抱着小孩坐着汽车或是马车一个个出院了，现在芹也出院了。她没有小孩也没有汽车，只有眼前的一条大街要她走，就像一片荒田要她开拔一样。

蓓力好像个助手似的在眼前引导着。

他们这一双影子，一双刚强的影子，又开始向人林里去迈进。

一九三三年四月十八日哈尔滨

腿上的绷带

一

老齐站在操场，腿上扎着绷带，这是个天空长起彩霞的傍晚，墙头的枫树动荡得恋恋爱人。老齐自己沉思着这次到河南去的失败，在河南工作的失败，他恼闷着。但最使他恼闷的是逸影方才对他谈话的表情，和她身体的渐瘦。她谈话的声音和面色都有些异样，虽是每句话照常的热情。老齐怀疑着，他不能决定逸影现在的热情是没有几分假造或是别的背景，当逸影把大眼睛转送给他，身子却躲着他的时候，但他想到逸影的憔悴，他高兴了，他觉得这是一笔收入，他当作逸影为了思念他而悴憔的，在爱情上是一笔巨大的收入。可是仍然恼闷，他想："为什么这次她不给我接吻就去了。"

墙头的枫树悲哀地动荡，老齐望着地面，他沉思过一切。

校门口两个披绒巾子的女同学走来，披绿色绒巾的向老齐说：

"许多日不见了，到什么地方去来？"

别的披着青蓝色绒巾的跳跃着跟老齐握手并且问：

"受了伤么，腿上的绷带？"

捧不住自己的心，老齐以为这个带着青春的姑娘，是在向他输送青春，他愉快地在笑。可是老齐一想到逸影，他又急忙地转变了，他又伤心地在笑。

女同学向着操场那边的树荫走去，影子给树荫淹没了，不见了。

老齐坐在墙角的小凳上，仍是沉思着方才沉思过的一切。墙头的枫树勉强摆着叶柯，因为是天晚了，空中挂起苍白的月亮，在月下枫树和老齐一样没有颜色，也像丢失了爱人似的，失意地徘徊着，在墙头上倦怠，幽怨徘徊着。

宿舍是临靠校园，荷池上面有柳枝从天空倒垂下来，长长短短的像麻丝相互牵联，若倒垂下来，荷叶到水面上……小的圆荷叶，风来了柳条在风中摇动，荷叶在池头浮走。

围住荷池的同学们，男人们抽缩着肩头笑，女人们拍着手笑。有的在池畔读小说，有的在吃青枣，也有的男人坐在女人的阳伞下，说着小声的话。宿舍的窗子都打开着，坐在窗沿的也有。

但，老齐的窗帘子没有掀起，深长地垂着，带有阴郁气息地垂着。

达生听说老齐回来，去看他，顺便买了几个苹果。达生抱着苹果，窗下绕起圈子来。他不敢打老齐的窗子，因为他们是老友，老齐的一切他都知道，他怕是逸影又在房里。因为逸影若在老齐房里，窗帘什么时候都是放下的。达生的记忆使他不能打门，他坐在池畔自己吃苹果。别的同学来和达生说话，亲热说话，其实是他的苹果把同学引来的。结果每人一个，在倒垂的柳枝下，他们谈起关于女人的话，关于自己的话，最后他们说到老齐了。有的在叹气，有的表示自己说话的身份，似乎说一个字停两停。

就是……这样……事……为什么不……不苦恼呢？哼！

苹果吃完了，别的同学走开了，达生猜想着别的同学所说关于老齐的话，他以为老齐这次出去是受了什么打击了么？他站起来走到老齐的窗前去，他的手触到玻璃了，但没作响。他的记忆使他的手指没有作响。

达生向后院女生宿舍走去。每次都是这样，一看到老齐放下窗帘，他就走向女生宿舍去看一次，他觉得这是一条聪明的计划。他走着，他听着后院的蝉吵，女生宿舍摆在眼前了。

逸影的窗帘深深地垂下，和老齐一样，完全使达生不能明白，因为他从不遇见过这事。他心想："若是逸影在老齐的房里，为什么她的窗帘也放下？"

达生把持住自己的疑惑，又走回男生宿舍去，他的手指在玻璃窗上作响。里面没有回声，响声来得大些，也是没有回声。再去拉门，门闭得紧紧的，他用沉重而急躁的声音喊：

"老齐——老齐，老齐——"

宿舍里的伙计，拖拉着鞋，身上的背心被汗水湿透了，费力地半张开他的眼睛，显然是没听懂的神情，站在达生的面前说：

"齐先生吗？病了，大概还没起来。"

老齐没有睡，他醒着，他晓得是达生来了。他不回答友人的呼喊，同时一种爱人的情绪压倒友人的情绪，所以一直迟延着，不去开门。

腿上扎着绷带，脊背曲作弓形，头发蓬着，脸色真像一张秋天晒成的干菜，纠皱，面带绿色，衬衫的领子没有扣，并且在领子上扯一个六的裂口。最使达生奇怪的，看见老齐的眼睛红肿过。不管怎样难解决的事，老齐从没哭过，任凭哪一个同学也没看过他哭，虽是他坐过囚受过刑。

日光透过窗帘针般地刺在床的一角和半壁墙，墙上的照片少了几张。达生认识逸影的照片一张也没有了，凡是女人的照片一张都不见了。

蝉在树梢上吵闹，人们在树下坐着，荷池上的一切声音，送进老齐的窗间来，都是穿着忧悒不可思议的外套。老齐烦扰着。

老齐眼睛看住墙上的日光在玩弄自己的手。达生问了他几句关于这次到河南去的情况。老齐只很简单地回答了几句：

"很不好。"

"失败，大失败！"

达生几次不愿意这样默默地坐着，想问一问关于照片的事，就像有什么不可触的悲哀似的，每句话老齐都是躲着这个，躲着这个要爆发的悲哀的炸弹。

全屋的空气，是个不可抵抗的梦境，在恼闷人。老齐把床头的一封信抛给达生，也坐在椅子上看：

"我处处给你做累，我是一个不中用的女子，我自己知道，大概我和你所走的道路不一样，所以对你是不中用的。过去的一切，叫它过去，希望你以后更努力，找你所最心爱的人去，我在向你庆祝……"

达生他不晓得逸影的这封信为何如此浅淡，同时老齐眼睛红着，只是不流眼泪。他在玩弄着头发，他无意识，他痴呆，为了逸影，为了大众，他倦怠了。

三

达生方才读过的信是一早逸影遣人给老齐送来的，在读这封信的时候，老齐是用着希望和失望的感情，现在完全失望了。他把墙上女人的照片都撕掉了，他以为女人是生着有刺的玫瑰，或者不是终生被迷醉，而不能转醒过来，就是被毒刺刺伤了，早年死去。总之，现在女人在老齐心里，都是些不可推测的恶物，蓬头散发的一些妖魔。老齐把所有逸影的照片和旧信都撕掉了丢进垃圾箱去。

当逸影给他的信一封比一封有趣味，有感情，他在逸影的信里找到了他所希望的安慰。那时候他觉得一个美丽的想象快成事实了，美丽的事是近着他了。但这是一个短的梦，夭亡的梦，在梦中他的玫瑰落了，残落了。

老齐一个人倒在床上。北平的秋天，蝉吵得利害，他尽量地听蝉吵，腿上的绷带时时有淡红色的血沁出来，也正和他的心一样，他的心也正在流着血。

老齐的腿是受了枪伤，老齐的心是受了逸影的伤，不可分辨。

现在老齐是回来了，腿是受了枪伤了。可是逸影并没到车站去接他，在老齐这较比是颗有力的子弹，暗中投到他的怀里了。

当老齐在河南受了伤的那夜，草地上旷野的气味迷茫着他，远近还是枪声在响。老齐就在这个时候，他还拿出逸影的照片看。

现在老齐是回来了，他一人倒在床上看着自己腿上的绷带。

逸影的窗帘，一天，两天，永久地下垂，她和新识爱人整天在窗帘里边。

老齐他以为自然自己的爱人分明是和自己走了分路，丢开不是非常有得价值吗？他在检查条箱，把所有逸影的痕迹都要扫除似的。小手帕撕碎了，他从前以为生命似的事物撕碎了。可是他一看到床上的被子，他未敢动手去撕，他感到寒冷。因为回忆，他的眼睛晕花了，这都是一些快意的事，在北海夜游，西山看枫叶。最后一件宏大的事业使他兴奋了，就是那次在城外他和逸影被密探捕获的事，因为没有证据，第二天释放了。

床上这张被子就是那天逸影送给他的，做一个共同遇难的标记。老齐想到这里，他觉得逸影的伟大、可爱，她是一个时代的女性，她是一个时代最前线的女性。老齐摇着头骄傲地微笑着，这是一道烟雾，他的回想飘散了去。他还是在检查条箱。

地板上满落了日影，在日影的斜线里有细尘飞扬，屋里苦闷的蒸热。逸影的笑声在窗外震着过去了。

缓长的昼迟长地拖走，在午睡中，逸影变做了一只蝴蝶，重新落在老齐的心上。他梦着同逸影又到城外去，但处处都使他危险有密探和警察环绕着他们。逸影和从前也不一样，不像从前并着肩头走，只有疏远着。总之，他在梦中是将要窒息了。

荷池上柳树刮起清风在摆荡，蝉在满院的枣树上吵。达生穿过蝉的吵声，而向老齐的宿舍走去，别的同学们向他喊道：

"不要去打搅他呀！"

"老齐这次回来，不管谁去看他，他都是带着烦厌的心思向你讲话。"

他们说话的声音使老齐在梦中醒转来。达生坐在床沿，老齐的手在摸弄腿上的绷带。老齐的眼睛模糊，不明亮，神经质的，他的眉紧皱在一起，和两条牵连的锁链一样。达生知道他是给悲哀在毁坏着。

他伴老齐去北海，坐在树荫里，老齐说着把腿上的绷带举给达生看：

"我受的伤很轻，连胫骨都没有穿折。"他有点骄傲的气概，"别的人，头颅粉碎的也有，折了臂的也有，什么样的都有，伤重的都是在草地上滚转，后来自己死了。"

老齐的脸为了愤恨的热情，遮上一层赤红的纱幕。他继续地说下去："这算不了什么，我计算着，我的头颅也献给他的，不然我们的血也是慢慢给对方吸吮了去。"

逸影从石桥边走过来，现在她是换上了红花纱衫，和一个男人。男人是老齐的同班，他们打了个招呼走过去了。

老齐勉强地把持住自己，他想接着方才的话说下去，但这是不可能。他忘了方才说的是什么，他把持不住自己了，他脸红着。后来还是达生提起方才的话来，老齐又接着说下去，所说的却是没有气力和错的句法。

他们开始在树荫里踱荡。达生说了一些这样那样的话，可是老齐一句不曾理会。他像一个发疟疾的人似的，血管觉得火热一阵，接着又寒冷下去，血液凝结似的寒冷下去。

一直到天色暗黑下去，老齐才回到宿舍。现在他全然明白了。他知道逸影就是为了纱衫才去恋爱那个同学。谁都知道那个同学的父亲是一个工厂的厂主。

老齐愿意把床上的被子撕掉，他觉得保存这些是没有意义。同时他一想到逸影给人做过丫鬟，他的眼泪流下来了。同时他又想到，被子是象征着两个受难者，老齐狂吻着被子哭，他又想到送被子的那天夜里，逸影的眼睛是有多么生动而悦人。

老齐狂吻着被子，哭着，腿上的绷带有血沁了出来。

索非亚的愁苦

侨居在哈尔滨的俄国人那样多。从前他们骂着："穷党，穷党。"

连中国人开着的小酒店或是小食品店都怕穷党进去。谁都知道穷党喝了酒常常付不出钱来。

可是现在那骂着"穷党"的，他们做了"穷党"了：马车夫，街上的浮浪人，叫花子，至于那大胡子的老磨刀匠，至于那去过欧战的独腿人，那拉手风琴在乞讨铜板的，人们叫他街头音乐家的独眼人。

索非亚的父亲就是马车夫。

索非亚是我的俄文教师。

她走路走得很漂亮，像跳舞一样。可是她跳舞跳得怎样呢？那我不知道，因为我还不懂得跳舞。但是我看她转着那样圆的圈子，我喜欢她。

没多久，熟识了之后，我们是常常跳舞的。

"再教我一个新步法！这个，你看我会了。"

桌上的表一过十二点，我们就停止读书。我站起来，走了一点姿势给她看。

"这样可以吗？左边转，右边转，都可以。"

"怎么不可以！"她的中国话讲得比我们初识的时候更好了。

为着一种情感，我从不以为她是一个"穷党"，几乎连那种观念也没有存在。

她唱歌唱得也很好，她又教我唱歌。有一天，她的手指甲染得很红的来了。还没开始读书，我就对她的手很感到趣味，因为没有看到她装饰过。她从不涂过粉，嘴唇也是本来的颜色。

"嗯哼，好看的指甲啊！"我笑着。

"呵！坏的，不好的，涅克拉西为。"可是她没有笑，她一半说着俄国话。"涅克拉西为"是不美的、难看的意思。

我问她："为什么难看呢？"

"读书，读书，十一点钟了。"她没有回答我。

后来我们再熟识的时候，不仅跳舞、唱歌，我们谈着服装，谈着女人：西洋女人，东洋女人，俄国女人，中国女人。有一天我们正在讲解着文法。窗子上有红光闪了一下，我招呼着：

"快看！漂亮哩！"房东的女儿穿着红缎袍子走过去。

我想，她一定要称赞一句，可是她没有：

"白吃白喝的人们！"

这样合乎文法完整的名词，我不知道为什么她能说出来，当时我只是为着这名词的构造而惊奇。至于这名词的意义好像以后才发现出来。

后来，过了很久，我们谈着思想，我们成了好友了。

"白吃白喝的人们，是什么意思呢？"我已经问过她几次了，但仍常常问她。

她的解说很有意思：

"猪一样的，吃得很好，睡得很好。什么也不做，什么也不想……"

"那么，白吃白喝的人们将来要做'穷党'了吧？"

"是的，要做'穷党'的。不，可是……"她连一丝笑纹也从脸上退走了。

不知多久，没再提到"白吃白喝"这句话。我们又回转到原来友情上的寸度：跳舞，唱歌，连女人也不再说到。我的跳舞步法也和友情一样没有增加，这样一直继续到巴斯哈节。

节前的几天，索非亚的脸色比平日更惨白些，嘴唇白得几乎和脸色一个样，我也再不要求她跳舞。

就是节前的一日，她说：

"明天过节，我不来，后天来。"

后天，她来的时候，她向我们说着她愁苦，这很意外。友情因为这个好像又增加起来。

"昨天是什么节呢？"

"巴斯哈节，为死人过的节。染红的鸡子带到坟上去，花圈带到坟上去……"

"什么人都过吗？犹太人也过巴斯哈节吗？"

"犹太人也过，'穷党'也过，不是'穷党'也过。"

到现在我想知道索非亚为什么她也是"穷党"，然而我不能问她。

"愁苦，我愁苦……妈妈又生病，要进医院，可是又请不到免费证。"

"要进哪个医院？"

"专为俄国人设的医院。"

"请免费证，还要很困难的手续吗？"

"没有什么困难的，只要不是'穷党'。"

有一天，我只吃着干面包。那天她来得很早，差不多九点半钟她就来了。

"营养不好，人是瘦的，黑的，工作得少，工作得不好。慢慢健康就没有了。"

我说："不是，只喜欢空吃面包，而不喜欢吃什么菜。"

她笑了："不是喜欢，我知道为什么。昨天我也是去做客，妹妹也是去做客。爸爸的马车没有赚到钱，爸爸的马也是去做客。"

我笑她："马怎么也会去做客呢？"

"会的，马到它的朋友家里去，就和它的朋友站在一道吃草。"

俄文读得一年了！索非亚家的大牛生了小牛她也是向我说的，并且当我到她家里去做客，若当老羊生了小羊的时候，我总是要吃羊奶的。并且在她家里我还看到那还不很会走路的小羊。

"吉卜西人是'穷党'吗？怎么中国人也叫他们'穷党'呢？"这样话，好像在友情最高的时候更不能问她。

"吉卜西人也会讲俄国话的，我在街上听到过。"

"会的，犹太人也多半会俄国话！"索非亚的眉毛动弹了一下。

"在街上拉手风琴的，一个眼睛的人，他也是俄国人吗？"

"是俄国人。"

"他为什么不回国呢？"

"回国！那你说我们为什么不回国！"她的眉毛好像在黎明时候静止着的树叶，一点也没有摇摆。

"我不知道。"我实在是慌乱了一刻。

"那么犹太人回什么国呢？"

我说："我不知道。"

春天柳条抽着芽子的时候，常常是阴雨的天气，就在雨丝里一种沉闷的鼓声来在窗外了：

"咚咚，咚咚！"

"犹太人，他就是父亲的朋友，去年巴斯哈节他是在我们家里过的。他世界大战的时候去打过仗。"

"咚咚，咚咚！""瓦夏！瓦夏！"

我一面听着鼓声，一面听到喊着瓦夏，索非亚的解说在我感不到力量和微弱。

"为什么他喊着瓦夏？"我问。

"瓦夏是他的伙伴，你也会认识他……是的，就是你说的中央大街上拉手风琴的人。"

那犹太人的鼓声并不响了，但仍喊着瓦夏，那一双肩头一起耸起又一起落下，他的腿是一只长腿一只短腿。那只短腿使人看了会并不相信是存在的，那是从腹部以下就完全失去了，和丢掉一只腿的蛤蟆一样畸形。

他经过我们的窗口，他笑笑。

"瓦夏走得快哪！追不上他了。"这是索非亚给我翻译的。

等我们再开始讲话，索非亚她走到屋角长青树的旁边：

"屋子太没趣了，找不到灵魂，一点生命也感不到地活着啊！冬天屋子冷，这树也黄了。"

我们的谈话，一直继续到天黑。

索非亚述说着在落雪的一天，她跌了跤，从前安得来夫将军的儿子在路上骂她"穷党"。

"……你说，那猪一样的东西，我该骂他什么呢？——骂谁'穷党'！你爸爸的骨头都被'穷党'的煤油烧掉了——他立刻躲开我，他什么话也没有再回答。'穷党'，吉卜西人也是'穷党'，犹太人也是'穷党'。现在真真的'穷党'还不是这些人，那些沙皇的子孙们，那些流氓们才是真真的'穷党'。"

索非亚的情感约束着我，我忘记了已经是应该告别的时候。

"去年的巴斯哈节，爸爸喝多了酒，他伤心……他给我们跳舞，唱高加索歌……我想他唱的一定不是什么歌曲，那是他想他家乡的心的号叫，他的声音大得厉害哩！我的妹妹米娜问他：'爸爸唱的是哪里的歌？'他接着就唱起'家乡''家乡'来了，他唱着许多家乡。可是我和米娜一点也不知道'家乡'，我们生在中国地方，高加索，我们对它一点什么也不知道。妈妈也许是伤心的，她哭了！犹太人哭了——拉手风琴的人，他哭的时候把吉卜西女孩抱了起来。也许他们都想着'家乡'。可是，吉卜西女孩不哭，我也不哭。米娜还笑着，她举起酒瓶来跟着父亲跳高加索舞，她一面说：'这就是火把！'爸爸说：'对的。'他还是说高加索舞是有火把的。米娜一定是从电影上看到过火把。……爸爸举着三弦琴。"

"爸爸坐下来，手风琴还没立刻停住。'你很高兴吗？高加索舞很好看吗？米娜，你还没有看到过真正的高加索舞，你不是高加索的孩子！'爸爸问着她。"

索非亚忽然变了一种声音：

"不知道吧！为什么我们做'穷党'？因为是高加索人。哈尔滨的高加索人还不多，可是没有生活好的。从前是'穷党'，现在还是'穷党'。爸爸在高加索的时候种田，来到中国也是种田。现在他赶马车，他是一九一二年和妈妈跑到中国来。爸爸总是说：'哪里也是一样，干活计就吃饭。'这话到现在他是不说的了……"

她父亲的马车回来了，院子里嘟嘟地响着铃子。

我再去看她，那是半年以后的事。临告别的时候索非亚才从床上走下地板来。

"病好了我是回国的。工作，我不怕，人是要工作的。传说，那边工作很厉害。母亲说，还是不要回去吧！可是人们没有想想，人们以为这边比那边待他还好！"

走到门外她还说：

"'回国证'怕是难一点，不要紧，没有回国证我也是要回去的。"

她走路的样子再不像跳舞了，迟缓与艰难。

过了一个星期，我又去看她，我是带着糖果。

"索非亚是进了病院的。"她的母亲说。

"病院在什么地方？"

她的母亲说的完全是俄语，那些俄文的街名无论怎样是我所不懂的。

"可以吗？我去看看她？"

"可以，星期日可以，平常不可以。"

"医生说她是什么病？"

"肺病，很轻的肺病，没有什么要紧。回国证她是得不到的，'穷党'回国是难的。"

我把糖果放下就走了。这次送我出来的不是索非亚，而是她的母亲。

萧红生平事略

■ 蒋亚林

1911 年

6 月 1 日（阴历五月初五，端午节），萧红出生于黑龙江省呼兰县（现哈尔滨市呼兰区）一个地主家庭。姓张，乳名荣华，学名张秀环。

萧红祖籍山东东昌府莘县长兴社十甲梁丕营村，今为山东省聊城市莘县董杜庄镇梁丕营村。乾隆年间，其先人张岱闯关东至关内，开始了其家族在东北的新的发展史。

1916 年

萧红外祖父将萧红的学名"张秀环"改为"张廼莹"。

1917 年

萧红祖母去世，萧红的祖父开始了对萧红的文学启蒙。

1919 年

萧红母亲姜玉兰不幸染上霍乱，医治无效去世。是年，萧红九岁。

年底，萧红父亲张廷举续弦，娶梁亚兰为妻，为萧红的继母。

1920 年

秋，萧红进入呼兰区第二小学（现为萧红小学）女生部学习（学制四年）。是年，萧红十岁。

1924—1926 年

读高小（学制二年）。

1924 年秋，萧红入北关初高两级小学校女生部，读高小一年级。

1925 年秋，萧红转入呼兰县第一女子初高两级小学校（在今呼兰县第一中学院内），插班读高小二年级。

1926 年夏，高小毕业。萧红想去哈尔滨读中学，遭到来自父亲和继母的强烈反对，萧红没有因此放弃要读书的愿望，开始与父亲、继母冷战，进行抗争。

1927 年

夏，萧红父亲张廷举同意萧红继续读书。

秋，萧红进入哈尔滨东省特别区区立第一女子中学（简称"东特女中"，或"哈尔滨女中"）读初中，学制三年。二十岁初中毕业。此校系"从德女子中学"的前身，现为"萧红中学"，在今邮政街 130 号。

1929 年

1 月初，由萧红六叔张廷献做媒，父亲给萧红定亲，未婚夫为汪恩甲。

6 月初，萧红祖父去世，萧红从此失去了世界上最关心、最爱护她的人。

1930 年

夏，萧红初中毕业。萧红想去北平读高中，而父亲和继母希望萧红与汪恩甲完婚，不赞成萧红去北京读高中，萧红决定为了求学抗婚。

7 月，为了抗婚求学，萧红与表哥陆哲舜逃到北平，就读于北平大学女子师范学院附属女子中学。历时半年。

1931 年

1 月，因为陆家断绝了陆哲舜的经济来源，走投无路的萧红与陆哲舜双双败回呼兰。

4 月上旬，萧红父亲将萧红软禁于阿城县福昌号屯。历时七个月。

10 月 4 日，萧红坐大白菜车逃离阿城县。

11 月，萧红开始在哈尔滨街头流浪，过起了颠沛流离、朝不保夕的生活。后与汪恩甲在东兴顺旅馆同居。

12 月，萧红怀孕。

1932 年

3 月，萧红离开汪恩甲，独自再赴北平。

3 月末，萧红与汪恩甲同回哈尔滨，再次入住东兴顺旅馆。

春，萧红创作了《可纪念的枫叶》、《偶然想起》、《静》、《栽花》、《公园》、《春曲》（组诗）等诗歌作品。

5 月，汪恩甲离开东兴顺旅馆，被家庭扣下。

6 月，因欠东兴顺旅馆食宿费，萧红被旅馆扣下，而且很有可能被卖到低等的妓院。

7 月，萧红给《国际协报》副刊主编裴馨园投书求援，裴馨园对萧红施以援手，展开救助。萧军因裴馨园之托去东兴顺旅馆探望萧红，两人一见钟情，萧红爱上萧军。萧红创作了《幻觉》一诗，此诗首刊于 1934 年的《国际协报》副刊《国际公园》，署名为悄吟。

8 月，萧红生下一名女婴，并立即把女婴送人。

9 月，萧红与萧军入住欧罗巴旅馆（今尚志大街 150 号）。后又搬到商市街 25 号（今红霞街 25 号）一座半地下的小屋，开始正式夫妻生活。

1933 年

3 月，萧红开始尝试文学创作，发表小说处女作《弃儿》。之后，陆续创作了短篇小说《看风筝》《腿上的绷带》《太太与西瓜》《两个青蛙》《哑老人》《夜风》《叶子》《清晨的马路上》《渺茫中》，散文《小黑狗》《烦扰的一日》《破落之街》，诗歌《八月天》等作品。

10 月，萧红与萧军合出小说、散文集《跋涉》，引起了文坛的注意，萧红、萧军因此被誉为"黑暗现实中两颗闪闪发亮的明星"，并由此奠定了萧红、萧军二人在东北文坛的地位。

12 月，《跋涉》遭查禁，萧红、萧军在哈尔滨举步维艰，二人计划离开哈尔滨，另谋出路。

1934 年

2 月，萧红创作了短篇小说《离去》。

3 月，萧红创作了短篇小说《患难中》《出嫁》，创作了散文《蹲在洋车上》。

4 月，萧红以悄吟为笔名，在哈尔滨《国际协报》副刊发表《生死场》（原名《麦场》）的前两章。

6 月，萧红与萧军流亡到青岛。此次离开哈尔滨成为永别，直到八年后花落异乡，萧红再也没有回来过。

9 月，萧红完成《生死场》后七章。

10 月，萧红与萧军一同给鲁迅写信，并得到鲁迅的回信，由此与鲁迅开始了书信的往来。

11 月初，萧红与萧军双双来到上海。

11 月底，萧红见到鲁迅，并得到鲁迅的赏识，从此和鲁迅、许广平一家开始交往，并建立起深厚的感情。

12 月，萧红、萧军接到鲁迅的邀请赴宴，并结识了茅盾等文学大家。

1935 年

1 月，萧红创作了散文《小六》。

2 月，萧红创作了散文《过夜》。

5 月，萧红完成回忆性散文集《商市街》。

6 月，萧红创作了散文《三个无聊人》。

11 月，鲁迅为萧红的《生死场》作序。

12 月，经鲁迅校阅、编订，萧红的《生死场》作为鲁迅主编的"奴隶丛书"之一，由容光书局出版，笔名萧红。

冬，萧红创作了散文《初冬》。

1936 年

1 月，萧红参与编辑的《海燕》创刊，并于当日售完两千册。萧红创作的散文《访问》首刊于《海燕》的创刊号上。

3 月，在鲁迅的引见下，萧红与美国作家史沫特莱在鲁迅家相识。

4 月，萧红的短篇小说《手》首刊于《作家》第一卷第一号。

6 月，萧红在《中国文艺工作者宣言》上签名。

7 月 15 日，鲁迅为萧红赴日本饯行。

7 月 16 日，萧红带着心灵之伤，远涉重洋，只身去岛国日本。历时半年整。

9 月 18 日，萧红为纪念"九一八"事变而写的散文《长白山的血迹》，在《大沪晚报》上发表。

10 月，萧红得知鲁迅先生病逝，陷入深深的悲痛之中。

11 月，萧红的小说、散文合集《桥》出版，署名为悄吟。

12 月，萧红创作了散文《永久的憧憬和追求》。

1937 年

1 月 9 日，萧红结束了在日本的学习和生活，离开东京，准备回国。

1 月 13 日，萧红回到上海。

3 月，《沙粒》（组诗）在《文丛》第一卷第一期发表，署名为悄吟。萧红创作了悼念鲁迅先生的诗歌《拜墓》。

4 月，因与萧军冲突，萧红只身去北平（这是第三次去北平）。

5 月，萧红接到萧军来信，由北平返沪。短篇小说集《牛车上》由上海文化生活出版社出版。

6 月，萧红创作了诗歌《一粒土泥》。

夏季，在上海召开的创办抗战文艺刊物筹备会上，萧红认识了端木蕻良。

8 月，萧红创作了散文《八月之日记一》《八月之日记二》《天空的点缀》《失眠之夜》《窗边》《在东京》。

9 月 28 日，因战事危急，上海成为一座"孤岛"，萧红、萧军同上海其他文化人一起退往武汉。

10 月 17 日，萧红创作了怀念鲁迅的散文《逝者已矣！》。该文章首刊于 10 月 20 日《大公报》第二十九号，署名为萧红。萧红创作了散文《小生命和战士》。在武汉，萧红开始了长篇小说《呼兰河传》的创作。在武汉蒋锡金家，萧红再次遇到端木蕻良。

11月，萧红创作了散文《两种感想》《一条铁路底完成》。

12月，萧红创作了散文《一九二九年底愚昧》。

1938 年

1月16日，萧红参加题为"抗战以来的文艺活动动态与展望"的座谈会。当天，萧红的《〈大地的女儿〉与〈动乱时代〉》（书评）首刊于《七月》半月刊第二集第二期。

1月27日，萧红、萧军、端木蕻良等作家离开武汉，奔赴山西临汾民族革命大学任教。

2月，萧红到达临汾，并与丁玲相识，从此两个闻名中国的女作家建立起了深厚而又真挚的友谊。日军逼近临汾，在去留问题上，萧红、萧军出现了分歧，最终二人在临汾分手。萧红创作了散文《记鹿地夫妇》。

3月，萧红与端木蕻良、塞克、聂绀弩等人一起创作了引起巨大轰动与反响的三幕话剧《突击》。萧红发现自己怀孕。

4月，萧红正式与萧军分手，与端木蕻良正式确定恋爱关系。萧红参加由胡风主持的题为"现时文艺活动与《七月》"的文艺座谈会，并表达了自己的创作观。

5 月下旬，萧红与端木蕻良在汉口大同酒家举行婚礼。

8 月，萧红因逃难带着身孕独自上船，在码头被绳索绊倒。萧红创作了短篇小说《黄河》《汾河的圆月》。

9 月，萧红寓居重庆。

10 月，萧红寓作了短篇小说《孩子的演讲》《朦胧的期待》。

11 月，萧红在医院产下一名男婴，男婴于三天后不幸夭折。

12 月，接受苏联记者的采访。

1939 年

1 月，萧红创作了散文《牙粉医病法》，短篇小说《旷野的呼喊》。

春，萧红创作了散文《滑竿》《林小二》。

3 月 14 日，萧红写致许广平信《离乱中的作家书简》。

4 月，萧红与端木蕻良住重庆歌乐山。萧红创作了散文《长安寺》。

5 月，萧红创作了短篇小说《莲花池》。

6 月，萧红创作了散文《放火者》。

7 月，萧红创作了短篇小说《山下》《梧桐》。

8 月，萧红创作了散文《茶食店》。

9月，萧红整理完成回忆性散文《鲁迅先生生活散记——为鲁迅先生三周年祭而作》。

10月，萧红完成《回忆鲁迅先生》，开始《马伯乐》的创作。

12月，因为战乱，萧红与端木蕻良商量决定离开重庆，前往相对安全的香港。

1940 年

1月19日，萧红与端木蕻良飞抵香港。

6月，萧红创作了散文《〈大地的女儿〉——史沫特烈作》。

7月，《回忆鲁迅先生》由重庆妇女生活社出版。

10月，萧红与端木蕻良共同创作哑剧《民族魂鲁迅》。

12月，萧红创作完成长篇小说《呼兰河传》。

1941 年

1月，长篇小说《马伯乐（第一部）》由重庆大时代书局出版，署名为萧红。

2月，长篇小说《马伯乐（第二部）》在香港《时代批评》杂志连载，因萧红健康状况的日益恶化，小说未能完稿，连载到第九章结束。

萧红主持由"文协"香港分会等文化团体举办的欢迎史沫特莱、宋之的、夏衍、范长江等人来港的茶会。

3月，萧红创作了短篇小说《北中国》。

5月，史沫特莱准备回美国，并带走了萧红的一些作品，打算在美国出版萧红的作品。

8月，萧红入住香港玛丽医院，诊断为肺结核。

9月，萧红的《马房之夜》被美国作家译成英语，作品在美国发表。

11月，因住三等病房，萧红受到冷遇，在于毅夫帮助下，出院回家。

1942年

1月12日，萧红入住跑马地养和医院。

1月13日，萧红被误诊为喉瘤，并被医生实施了手术，手术失败，萧红的健康状况每况愈下。

1月18日，玛丽医院重开业，萧红再次入住。

1月19日，萧红病重，口不能言，在纸上写："我将与蓝天碧水永处，留得那半部'红楼'给别人写了……"又写："半生尽遭白眼冷遇……身先死，不甘，不甘！"

1月22日，上午10点，萧红与世长辞，享年三十一岁。萧红死后，端木蕻良剪下萧红一缕青丝。1992年，萧红的故乡黑龙江省呼兰县建萧红墓，墓中埋葬的就是端木蕻良剪下的这缕青丝。

1月24日，萧红遗体火化。部分骨灰被葬在浅水湾丽都酒店前花坛里，后被迁葬回广州，剩余骨灰一直被安葬在香港，以供后人悼念。

编后记

萧红是 20 世纪 30 年代以来，个性和创作风格都相对突出的作家之一。由于特殊的生活经历和情感经历，加上受到鲁迅先生格外的提携和帮助，萧红一直受到了世人过多的关注和评论。她的主要作品如《生死场》《呼兰河传》等，也是图书市场上的常销书；关于她的研究书籍，市面上也不断有"新面孔"出现。新时期以来，仅我所见，就有萧凤的《萧红传》，骆宾基的《萧红小传》，萧军编著的《萧红书简辑存注释录》和《鲁迅给萧军萧红信简注释录》，庐湘的《萧军萧红外传》，美国汉学家葛浩文的《萧红评传》，钟耀群的《端木与萧红》，郭玉斌的《萧红评传》，叶君的《从异乡到异乡》，单元的《走进萧红世界》，季红真的《萧红全传》，等等多部，各种单篇文章更是数不胜数。这些书籍和文章，从不同的角度，书写了萧红短暂而不平凡的一生，对她独具特色的作品风格也进行了概述和评论。

就我个人阅读而言，萧红也是较早进入我阅读视野的作家之一。20世纪80年代初，那时我还是一个懵懂的文学少年，在阅读《生死场》时，产生了不小的障碍，觉得她的小说故事性不强，语言怪异，枝蔓多，风景描写也多，可读性不强，多次想弃之一旁，但转念一想，既然鲁迅先生都写了序言，那一定是好小说了，算是勉强读完了。直到多年后，读过《呼兰河传》并重读了《生死场》，才感觉到萧红的了不起，才顿悟：一个作家，不管他（她）活多久，作品的量有多少，一定要建立自己的语言体系和叙事风格，要有自己清晰的面目，用现在时尚的话说，要有辨识度，也就是说，要做一个文体家，对汉语有独特的贡献，否则，必定会被淹没在浩瀚的文字当中。沈从文是这样的作家，萧红也是这样的作家。直到这时候，我才对萧红的作品有了全新的认识。为了加深对她的了解，我还刻意搜罗她的著作和与她有关的文字，后来又陆续读到她的一些小说、诗歌和散文，如作为文学丛刊之一的《商市街》等，对她的语言风格和叙事风格更加地喜欢了，对她作品的文体特征和思想内涵更加地推崇了；同时，也开始关注有关她的评论，还把《鲁迅全集》里鲁迅致萧军、萧红的信，通读了一遍，对茅盾等人评价她的话也深以为然。

早在2014年，我在为中国书籍出版社选编"中国书籍文学馆·大师经典"时，就选编了《萧红精品选》，精选了她的小说、散文和诗歌共三十万字，出版后，连续加印了多次。后来又约扬州作家蒋亚林先生写了一本《从呼兰河到浅水湾——萧红传》，也由中国书籍出版社于 2015 年出版发行，在读者中产生了较大的反响，收到了较好的社会效益。

这次编辑"回望萧红"系列丛书，我们在三年前就开始启动，征求了许多专家学者的意见，书目也列了多种，经过多方面的考虑，我们选择了十种图书在前期出版，其中有萧红的代表作《生死场》（萧红中篇小说）、《呼兰河传》（萧红长篇小说）和《马伯乐》（萧红长篇小说），也有《旷野的呼喊》（萧红短篇小说选）、《红的果园》（萧红短篇小说选）和《春意挂上了树梢》（萧红散文选）。此外还把萧红写鲁迅的文章，选编成一本《亦师亦友亦如父：萧红笔下的鲁迅》。需要说明的是，在这本书中，有两篇关于鲁迅的文字没有收入，一篇是诗《拜墓》，一篇是哑剧《民族魂鲁迅》，因为这两篇文字收进了《有如青杏般的滋味：萧红诗歌戏剧选》里了。在《亦师亦友亦如父：萧红笔下的鲁迅》里，把鲁迅写给萧军、萧红的书信作为附录，也一并收入，读者通过对照阅读，可以了解鲁迅当年是如何扶持帮助他们成长为优秀作家的大致经过。此外，几年前出版的《从呼兰河到浅水湾——萧红传》，经作者同意后，也收入到这套丛书中，丰富

了这套书的内容，让读者在阅读萧红作品时，对她的一生有
个较详细的了解。

陈　武

2019 年 5 月 20 日匆匆于北京团结湖